「何をニヤニヤしているのよ」
たかうじ さあや
STATUS
高宇治沙彩
特徴特技
成長:停滞
特徴特技
学年一の頭脳
高校生離れした美貌
押しに弱い
下ネタ好き
寒がり
ジャンクフード好き
大人数苦手
寂しがり屋
高集中力《ハイコンセントレーション》
SAAYA
TAKAUJI
SCAN

「言っちゃえ、言っちゃえ～」
STATUS
名取陽色《なとり ひいろ》
特徴特技
成長：成長
特徴特技
運動得意
勉強苦手
努力家
ポジティブ
フレンドリー
気持ちに正直
抜群の社交性
SCAN

「サーヤちゃんは、いるんじゃないの？
気になってる人くらい」
STATUS
瀬川《せがわ》春《はる》
特徴特技
成長：成長
特徴特技
抜群の社交性
面倒見がいい
母性
ピュア
相談役
SCAN
HARU SEGAWA
修学旅行のご定番……？

「あ、灯くん見すぎだから！」
「どう、あたしの水着？」

ある日、他人《ステータス》の秘密が見えるようになった俺の学園ラブコメ

EP2：シスコン兄貴を倒してハッピーエンドを迎えます

ケンノジ

角川スニーカー文庫

23484

口絵・本文イラスト／成海七海
口絵・本文デザイン／杉山絵

2

目次

Contents

One day, I started to see other people's secrets
My school romantic comedy

1　ステータスが見えるようになった俺の交友関係

ある日、俺は自分や他人のステータスらしきものが見えるようになった。

・君島灯《きみしまあかり》
・成長：急成長
・特徴特技
モブ
強心臓
口八丁
ラジオオタク
ポーカーフェイス
褒め上手

俺のステータスはこんな感じ。

意識的に見ようとするとパソコンでいうウィンドウのようなものが浮かび、ステータスを確認できるのだ。

ステータスには、その人の趣味や好き嫌い、性格や性質、本人しか知らないプライベートな秘密までそこには記されていた。

どうやら、これは俺以外には誰も見えないらしい。

俺はこの力を使って、好きな女子と距離を縮めようとしている最中だった。

今日も登校すると、俺の隣の席には高宇治《たかうじ》さんがすでに着席していた。

朝日を反射するかのような艶やかな長い黒髪に、陶器のような白い肌。涼しげな目元、つんと突き出た桜色の唇。

モデルがうちの学校の制服を着ているようでもある。

俺が想《おも》いを寄せる高宇治さんは、当然のようにモテる。

一時期イケメン先輩と付き合っていたため、寄りつこうとする男子はいなくなった。けど、そのイケメン先輩にヤリ目だのという良からぬ噂《うわさ》を耳にした俺は、彼と直接対決をして別れさせるに至った。

それは良かったけど、フリーになったことが周知されてしまい、またモテ具合が勢いを取り戻してきている。

俺はというと、ラインも交換しているし、共通の趣味である深夜ラジオの話で盛り上がりまくりの同好の士として仲良くなっていた。

「高宇治さん、おはよう」

以前の俺なら、挨拶することもビビってできなかったけど、今ならこんなに簡単に声をかけられるようになった。

「……」

ちら、と高宇治さんはこっちを横目に窺《うかが》い、ゆっくりと顔を背けた。

淡々と機械的な挨拶が返ってくるだけだろうと思っていたのに、この反応は予想外だ。

俺なんかした……？

記憶を振り返ってみても、思い当たる節がない。

知らない間に地雷を踏んで、仲良くなったはずがむしろマイナスに……？

いつの間にか習慣化してしまったステータスの確認をする。

・高宇治沙彩《さあや》
・成長：停滞
・特徴特技
学年一の頭脳
高校生離れした美貌
押しに弱い
下ネタ好き
寒がり
ジャンクフード好き
大人数苦手
寂《さみ》しがり屋
高集中力《ハイコンセントレーション》

ん？　少し前になかった【大人数苦手】【寂しがり屋】【高集中力】の三つが増えてる。

【成長】の項目は変わらず【停滞】。これはステータス上の成長を表している。だから一気に三つも増えない。

【大人数苦手】っていうのは、ちょっと意外。休憩時間は、男女数人のグループに囲まれていることが多いし、嫌そうな感じはなかった。本心は違うってところか。

【寂しがり屋】もギャップがある。孤独上等って雰囲気もあるのに。

以前見えなくて、今見えるようになったってことは、俺との親密度が上がった証拠……？

それが本当なら、俺と高宇治さんの関係は進展しているってことになる。

内心、ガッツポーズしているけど、通路を挟んだ隣の席の美少女は、顔を背けたまま。

これは放っておいたら余計に原因を尋ねにくくなるパターンだ。

「高宇治さん、俺、なんかした……？」

恐る恐る訊《き》いてみると、小さく頭が動いた。首を振ったらしい。

そのわずかな仕草で清潔なシャンプーの香りが鼻先まで届いた。

「アレが、読まれるとは思わなかったのよ」

「アレ？」

どれだ。

頑《かたく》なにこっちを向かない高宇治さんは、小声で話す。

「昨日の放送で……私の『宇治茶』のメールが読まれたでしょ？」

髪の毛から出ている耳が、うっすらと赤くなっている。

「ああ、メール、『宇治茶』さんの」

俺と高宇治さんが偏愛している深夜のラジオ番組『マンダリオンの深夜論』。

そのラジオに、高宇治さんは『宇治茶』というラジオネームで、ネタコーナーにメールを送っている。

「適当に送ったの、適当に。だから、私の本心というわけではなくて――」

「へぇ〜。それでも読まれるのってすごいね」

挨拶は無視されたけど、話しかけたら普通に反応があって、俺は胸を撫《な》でおろした。

共通の趣味の話題ですら無視されたら、もうおしまいだ。

昨日の深夜、『マンダリオンの深夜論』の放送があった。俺と高宇治さんは、毎回リアタイしているヘビーリスナー同士で、毎週放送を楽しみに聴いている。

その中で、高宇治さん……『宇治茶』さんが送ったメールが読まれていた。

放送では、お笑いコンビのマンダリオンがこんなやりとりをしていた。

『えー、次。ラジオネーム、宇治茶。「最近仲良くなった友達がいます。その人とは趣味の話が合い、一緒にいるととても楽しいです」と』

『めっちゃええやん、青春やん』

『「人間性も素敵な人だと思います。ですが、その人が他の人と仲良くしているのを見ると寂しかったりちょっとモヤっとした気分になってしまいます。それは、私がその人に恋をしているからでしょうか？」』

『昼のラジオか！　いらんねん、こんなん深夜ラジオに』

『宇治茶、うちのミッツンがごめんな？　お笑い偏差値が低すぎて、ついてこられへんみたいやわ』

『オイ！　誰がお笑い落第生やねん。一八年やってんねん、こっちは』

『ネタ一本も書かへんようなやつがイキんな。おまえなんか芸歴圧縮したら三か月じゃ』

『おおおおおおおおおおおいッ!!　せめて三年やろがい！』

『圧縮されること自体はいいんやな』

っていうやりとりを、ボケの本田《ほんだ》とツッコミのミッツンがしていた。今思い出すだけでも、ふふって笑ってしまいそうになる。

「本田が言っていたけど、あれは高度なネタメールだったんでしょ？」

お笑い偏差値が低いミッツンはわからなかったって本田が言っていたから、きっとそうなんだろう。

そっぽを向いていた高宇治さんが、ようやくこっちに向き直った。

「そ、そうよ！」

力強く何度も高宇治さんはうなずく。

「も、もし君島くんがあれを本気に受け取ってしまったら、と思って」

「いやいや、ネタメールのコーナーだったし、さすがにマジだとは思わないよ」

一瞬、俺のことでは!?　ってなったけど、そういやネタコーナーだったわってすぐ冷静になった。

俺以外の誰かであれば相当ヘコむけど、そもそもネタだしな。

「それならいいのよ。それなら」

ほう、と高宇治さんは小さく息を吐いた。

会話が一段落したとき、幼馴染《おさななじみ》の春《はる》が声をかけてきた。

「なんの話ー？」

春は高宇治さんとは正反対の女子で、清楚《せいそ》の欠片《かけら》も感じさせないギャルど真ん中。髪の毛は金で染められており、太ももを露《あら》わにしたスカートはめちゃくちゃ短い。

体つきを含めて、誰が見ても目を引く容姿をしているのが俺の幼馴染だった。

・瀬川《せがわ》春
・成長：成長
・特徴特技
抜群の社交性
面倒見がいい
母性
ピュア
相談役

ステータスの通り、面倒見がよく、誰とでも仲良くできる社交性がある。けど、見た目に反してピュアなところがあった。

【相談役】っていうのは、俺が高宇治さんのことでよく相談して話を聞いてくれていたからだろう。

「昨日のラジオの話」

俺が言うと、春は俺たちの趣味を知っていたのであっさりとした反応をする。

「好きだねー、ラジオ」

「瀬川さんも、聴いたほうがいいわ」

熱のこもったマジな目で高宇治さんが春を見る。

「あたしはいいよ。いい、いい。深夜の一時とかでしょ？　起きてらんないし」

「今はラジオアプリがあって、それならあとで聴き返すことも――」

本格的に布教モードに入っている高宇治さんに対し、春は硬い笑みを浮かべている。

「ええっと……き、聴けたら聴くね？」

聴かないパターンだな、これ。

大して興味がなくても、一応相手のことを受け入れようとするのは、春の美徳だと俺は思っている。

「サーヤちゃんはさ、どうしてラジオ聴きはじめたの？」

「兄の影響よ」

「お兄ちゃんいるんだ？」

「ええ」

高宇治さん、お兄さんがいるのか。

これまで、趣味の話や学校の話ばかりしていたから、そういった家族の話はしたことなかったな。

「一回りほど年が離れているけれど、尊敬しているわ」

「ブラコンじゃんー」

「違うわよ」

茶化《ちゃか》す春に対して、さらりと否定する高宇治さん。

いつの間にか、この二人も仲良くなった。

きっかけは、たぶん、ポーカーの練習で放課後残ったことだろう。

高宇治さんの元カレであるイケメンの城所《きどころ》先輩と俺が、高宇治さんとの関係解消をかけてポーカーで勝負したのはもう先週の話。

負けてたら、今こうしてしゃべることもできなかったんだよなと思うと、非常に感慨深い。

「後輩クーン？」

聞き慣れた声に教室の出入口に目をやると、芙海《ふみ》さんが手を振っていた。芙海さんは三年の先輩でもあり、コンビニでしているバイトの先輩でもある。

身長が小さすぎて、最小サイズの制服でもダボっとした着こなしになってしまっている。

・西方芙海《にしかた》
・成長：下降
・特徴特技
見た目は子供
頭脳は賭博師
気質はモラハラ体育会系
ケンカは百戦錬磨

見た目は子供。癒《いや》し系の小動物みたいな可愛《かわい》らしさがある。

「おーい」と今も俺を呼びながらぴょんぴょん、と跳ねている。

なのに、体育会系のモラハラ体質。後輩には何をしてもいいと思っているのが玉に瑕《きず》。

……いや、その瑕デカすぎんか？

ちなみに、ポーカーを教えてくれた師匠でもあるし、それを三年の一部で流行《はや》らせた張本人だ。

俺は席を立ち芙海さんのところへ向かう。

「芙海さん、おはざす」

俺がビシっと礼をすると、それを気にかける様子もなく挨拶を返してくれた。

「おはようございますー。昨日シフト表持って帰るの忘れてましたよね？　ダメですよ～出勤日いつかわからなくなっちゃいますから」

「うす。さーせん、気をつけます」

「はーい。それだけですので～」

にこやかに手を振った芙海さんを俺は見送る。

遠くから見ている分には、ちっちゃくて可愛い先輩なのになぁ……。

なんで内面は、あんなにイカついんだろう。

「灯くん、何してるの？」

「ああ、ちょっと先輩のお見送りを」

振り返ると、登校したての名取《なとり》さんがいた。

バイト中に変な男に絡まれているところをたまたま目撃し、助けたことで少し仲良くなったクラスの女子だ。

ん？　灯くん？　そんな呼び方だったっけ？

「先生来ちゃうよ？　学級委員なのに注意されるよ」

ニカっと笑うと白い歯が覗《のぞ》く。名取さんはテニスのラケットを背負っている。朝練か何かあったんだろう。

健康的に焼けた小麦色の肌に、違和感を覚えた。

「どうしたの、マジマジとこっち見て」

「日焼けした？」

「あ、そうそうー。週末大会があって、そこでかなり焼けちゃって。日焼け止め塗っても毎年こうなっちゃうんだ」

てへへ、と名取さんは笑う。

変な男が声をかけるのもわからなくはないほどに顔は整っていて、密《ひそ》かに人気らしいのもよくわかる。

・名取陽色《ひいろ》
・成長：成長
・特徴特技

運動得意
勉強苦手
努力家
ポジティブ
フレンドリー
気持ちに正直
抜群の社交性

春と同じ【抜群の社交性】。あとはイメージ通りのステータスだった。

「灯くんは、色白系女子のほうがお好み？」

名取さんが小首をかしげると、後ろでくくったポニーテールがさらりと揺れた。

「え？」

「なんでもない」

ふふっといたずらっぽく笑い、また白い歯を覗かせる名取さん。

「あ、今週体育、テニスやるらしいよー？」

そう言い残して、名取さんは教室に入った。

すぐ周囲の男女の輪に加わり、何かしゃべっている。名取さんは春とはまた違ったタイプの明るい女子って感じだ。

「体育……テニスか……」

どこ情報かわからないけど、本当だとすると非常にまずい。

なんつったって、俺は球技がまるでダメだからだ。

男女分かれての授業になるだろうけど、男子は女子のテニスしているところを見るだろうし、それは女子も然《しか》り。

せっかくいい感じに高宇治さんと仲良くなれたのに、運動音痴を晒《さら》して幻滅されるようなことだけは避けたい……！

これまでは、どうせ誰も注目してないだろうから、適当に済ませてた体育。

体力測定も、本気を出しても高が知れているので流していたし、球技は足を引っ張らない程度にこなし、なるべく存在感を消していた。

「なんてこった……」

高宇治さんが俺に注目するとは限らない。けど、好きな女子には自分に注目してほしいと思う。けど、運動音痴だから見てほしくないとも思う。

……どうなってんだ、俺の気持ち。

席に戻ると、春は他の女子としゃべっていて、すでに付近にはいなかった。

「高宇治さん、体育でテニスやるらしいよ」

「へえ、そうなの」

ネタ帳に何かさらりと書いている高宇治さん。

いいよな、高宇治さんは。運動神経いいし、逆に運動音痴だったとしても、それはそれで可愛い。

無敵すぎる。

体操服姿で髪をくくってラケットを振る高宇治さんを想像してみた。

注目しない男子はたぶんいないだろう。

そんな高宇治さんが俺に注目してくれるかわからないけど、イイトコロを見せたい。少なくとも、変なところは見せたくない。

2　テニスとネタメール

放課後。

学級委員の仕事が終わると、俺は校庭の端にあるテニスコートを訪れた。

四面あるコートは男女で半々に分けられており、フェンスの向こうでは、テニス部員が声を出してボールを打ったり走ったりして練習をしている。

うちのテニス部は、男女ともに強くもなく弱くもなかったはず。

今は顧問の先生はいないのか、部員が合間に談笑していて、和気あいあいといった雰囲気だった。

ここにやってきたのは、練習風景を眺めるためじゃない。

先生に念のため確認すると、名取《なとり》さんの情報通りテニスをやるとわかったので、こっそり練習して上手《うま》くなってやろうと思ったのだ。

そんな短期間で上達するかはわからないけど、何もせずにいるよりはマシだろう。

「日下部《くさかべ》くん」

俺はクラスメイトを一人見つけて声をかけた。

爽やか系長身男子の日下部くんは、声をかけたのが俺だとわかると表情を険しくした。

「君島《きみしま》かよ。何？」

「相談なんだけど、俺も練習って入れてもらえたりできる？」

「は？　なんで？　入りたいの？」

つっけんどんな態度に、俺の腰はますます低くなる。無理を言っているのはこっちだからだ。

「そういうわけじゃなくて……」

好きな子の前でカッコつけるために、あらかじめ練習しておきたい、なんて。

い、言えねえ。

我流で練習して上手くなるとも思えないから、部活の練習に交ぜてもらうのが一番だと思ったんだけど、さすがに無理っぽいな。

ちょうど休憩中だったのか、他の部員たちも俺と日下部くんのやりとりを遠目に見ている。

俺の奥歯に物が挟まった言い方が気に食わなかったのか、日下部くんが眉間に皺《しわ》を寄せた。

「冷やかしなら帰れよ」

「そんなつもりはなくて――練習に参加したいだけで」

チッ、と舌打ちが聞こえた。

「高宇治《たかうじ》さんと仲良いからって調子乗んなよ」

そう言って俺を睨《にら》んできた。

いきなりなんで高宇治さんの話になるんだ。

変な空気になったのを察したのか、二年の男子と後輩らしき男子の二人がやってきた。

「何、どうした？」

「練習してえんだって。入部したいわけでもないらしい」

日下部くんが言うと、バッサリ切られた。

「普通に迷惑だろ」

ううん、そっか……。俺も迷惑かけてまで練習したいわけじゃないからな。

大人しく引き下がろうとしたら、ノリの良さそうな後輩が声を上げた。

「いや、いいじゃないっすか。雑用やってもらいましょーよー」

先輩二人が笑った。

「いいな、それ。じゃあ君島は球拾いな？」

「ギャハハ！　練習じゃねえし！」

「じゃ、センパイ、オレらの分もおねしゃーっす」

　完全にからかわれたのがわかった。

「……迷惑だったみたいだし、やめとくよ」

　どうにか笑顔を作って、俺はコートに背を向けた。

　小馬鹿にされたことは腹が立つけど、練習の邪魔になってしまうのなら仕方ない。

　けど、からかわなくてもいいだろ。

　と、内心ボヤきながら歩いていると、軽い足音が近づいてきた。

「灯《あかり》くん！」

　振り返ると、テニスウェアを着た名取さんがいた。

「灯くん、テニスの練習したいの？」

　見られてたと思うと、ちょっと恥ずかしくなった。

「ああ、さっきの見てた？　そうなんだけど、邪魔になるみたいだし――」

「私、付き合おうか？」

「え？」

「練習。今日はさすがに無理だけど明日からでいいなら」

　思わぬ提案に、俺は何度も瞬《まばた》きを繰り返した。

「うん。灯くんがいいなら。私のコーチ付きで」

至れり尽くせりの提案を断るはずがなかった。

「ありがとう、名取さん！」

てへへとはにかんだような笑みを浮かべる名取さん。

「私の自主練とその手伝いってことにして、先生に言っておくね」

「なんでそんなことしてくれるの？」

「灯くんが、私のこと助けてくれたから」

ああ、コンビニでのことを言ってるのか。

「まあ、その恩返しってやつだよ」

照れくさかったのか、くるりと背を向けた。

「ほんと助かる！　ありがとう！」

首だけでこっちを振り向くと、名取さんは小さく手を振った。

「今夜また連絡するから！　頑張ろうね」

女子にそんなことを言われた経験がないせいか、何度も「頑張ろうね」が耳の中で繰り返される。

名取さん、親切でいい子だな。恩返しなんてそんなの気にしなくてもいいのに。

そのおかげでテニス練習問題はどうにかなった。

あとは俺の頑張り次第だ。

校門に向かって一人で歩く。

コーチもしてくれるって言うけど、出来が悪すぎて引かれないだろうか。

『灯くん、こんなこともできないの……？』

って、明るさ満点の名取さんに冷めた目をされるかもしれないと思うと、胸がギュッとなる。

名取さんはなくても、高宇治さんはあり得そう。引くどころか、ドン引きまであり得そう。

「偶然ね」

そんなことを考えていると、校門の物陰から高宇治さんが現れた。

「どうしたの？　もう帰ったもんだとばかり」

「ええと……そう、忘れ物をしたの」

うんうん、と高宇治さんは自分の説明に納得するように首を縦に振る。

……なのに校門の角から出てくるの？

とは思ったけど口には出さず、駅方面へ歩を進める。

学級委員同士でもあるおかげで、ここ最近、帰りは俺が駅まで送ることが多くなっていた。

もしかすると、【寂《さみ》しがり屋】の高宇治さんは、一人で帰るのが嫌で、俺を待っていたのでは。

もしそうなら嬉《うれ》しすぎる。

単独行動が苦手そうには見えない。それと寂しがり屋は別ってことか。

何かあったらバッサリ斬りそうでクールな高宇治さんが、俺のことを『一緒に帰りたい相手』と認識しているのなら……。

「何をニヤニヤしているのよ」

険のある目つきに、俺は慌てて首を振った。

「いや、これは別に……」

「名取さんと仲が良いのね。そのことでニヤついていたの？」

見ていたらしく、あらぬ疑いをかけられてしまった。

「そうじゃないよ。名取さんとはちょっとしたきっかけで仲良くなっただけで――ていうか、俺だけ特別に仲が良いってわけじゃなくて、みんなそうでしょ」

「そうかしら」

　俺の解説に首をひねる高宇治さん。

「ちなみに、きっかけっていうのはなんだったの？」

　隠すことでもないので、俺がそのときの様子を簡単に教えると、高宇治さんはこれといった反応を示さなかった。

　それは良いことをしたわね。みたいな反応が返って、俺の株が上がるかも、と思ったのに。

「勇気溢《あふ》れると思っていたけれど、そんな少女漫画のテンプレートみたいなことをしていたなんて……」

　渋面を作る高宇治さん。

　普段学校では無表情で淡々としている「すん顔」なのに、最近俺の前では表情が豊かになっていた。

「少女漫画？」

「なんでもないわ」

　ゆっくり歩いているはずなのに、もう駅舎が見えてきてしまった。何か口実があれば遠回りの提案ができるけど、すぐに思い浮かばなかった。

すると、高宇治さんが「ごめんなさい」とひと言断って、スマホにかかってきていた電話に出た。

「もしもし。ええ。もうすぐ駅よ」

人の通話を盗み聞きしているみたいでバツが悪いので、なるべく聞かないようにしようと思ったけど、やっぱり気になる。

城所《きどころ》先輩と別れたことは、学校では周知の事実。それどころか、他校にも知られているとも言われている。

色んな方面からまた魔の手が忍び寄っているのかもしれないと思うと、耳を澄まさないではいられなかった。

高宇治さん、自分が美少女だっていう認識も薄そうだし【押しに弱い】っていうステータスがあるので、かなり心配だ。

城所先輩と付き合っていた本当の目的は、お互いの異性からのアプローチや告白を減らすことで、ただ恋人を装っているだけだった。

恋人偽装は、本当に抑止力だったんだなと改めて思う。

俺がそばにいたって、なんの抑止力にもならないわけだし。

「来てくれるの？　それなら待っているわ。……ええ。それじゃあ」

ようやく通話が終わると、高宇治さんはスマホをポケットに戻した。

「ど、どなたから？」

「男の人」

「…………おとこの、ひと？」

「ええ。経済力があって、車を持っていて、笑いのセンスもすごいのよ」

ほら〜〜〜。

もぉ〜〜〜。

すぐ男寄ってくるんだからぁ〜〜〜。

俺は天を仰いだ。

こんな時間なのにもう星が輝いていて綺麗《きれい》。――じゃねえんだよ。

現実逃避してる場合じゃない。

城所先輩との関係は自作自演だったわけだから、結果的に別れなかったほうが俺にとってはプラスだったのでは――――？

さっきの相手は、家が資産家のイケメン大学生とかじゃないだろうな……？

「そ、そうなんだ」

ぎこちない笑顔をどうにか作る俺に対して、高宇治さんは口元をゆるめている。

「私、その人には恩があって。君島くんに対する名取さんのような」

高宇治さんのプライベート、男が入れ食い状態すぎる。

「その人が迎えに来てくれるの」

「へ、へえ……」

灰みたいに俺は真っ白だった。勝てる要素なんもねえ。

ゾンビみたいな重い足取りで駅に向かっていると、追い越したセダン車が前方でハザードを焚《た》いて停車し、運転席から黒縁眼鏡をかけた小太りの男が降りてきた。

「あ」

と、高宇治さんが反応する。

まさかとは思うけど、あの小太りアラサーマンが……？

向こうもこっちに気づき、小さく手を振った。

どうせ、俺たちの後ろに向かってだろ？

やれやれ、と後ろを振り向いたけど誰もいなかった。

「沙彩《さあや》、学校、遅かったな」

「ええ。普段はもう少し早く帰れるのだけれど、今日はちょっとだけ」

俺なんかいないかのように、小太りアラサーマンと高宇治さんは親しげな会話をはじめた。

……嘘《うそ》だろ。

偽装とはいえ、元カレはイケメンの城所先輩なんだぞ。ギャップがエグいぞ。

いや。顔で選ばないってことでもあるので、俺にとってその基準はとても喜ばしいことではあるけど――。

「夕飯、何食べたい？　今日時間あるからどこにでも行けるけど」

「そうなの？」

状況は全然喜ばしくねえ！

オトナのデートする気満々じゃねえか！

高校生が絶対に行けそうにない店に行って、そのあとはなーんにもない国道沿いの『お城』で休憩する気だな⁉　姫こちらにどうぞ、とか言って遊ぶんだろうな！

何が姫だ。しょーもねーな！　クソ。

俺なんか、駅前近辺のファミレスやハンバーガーショップに連れて行くのが精一杯なのに……。

男というより、オスとして完全に敗北した感じがある。

今風が吹いたら飛んでいっちまいそう。

食事の行き先が決まったらしく、小太りアラサーマンがようやくこっちを見た。

「沙彩、そいつは？」

「君島くん。『マンダリオンの深夜論』の繋《つな》がりで仲良くなったクラスメイトよ」

敵意のこもった視線に、俺もひるまず見つめ返す。

……城所先輩のときと同じで、誰が相手でも奪い返せばいい。

「君島灯です。どうも……」

小太りアラサーマンも敵愾心《てきがいしん》満々の様子だった。

そりゃそうだよな。付き合いたての美少女の彼女が、知らない男子と一緒に帰ってるんだから。

こいつなんなんだよ、となるのは当然か。それはこっちのセリフでもある。

「君島くん、この人は私の兄の直道《なおみち》」

ん？

「アニ？」

「ええ。兄」

「アニってナニ」

「兄は兄よ。言葉通り」

「え。兄妹なのに付き合ってるの？」

「沙彩、こいつ何言ってんだ？」

高宇治さんのさっきからゆるんでいた口元が、またさらにゆるんでいる。

そして堪えきれなくなったのか、ふふふと小さな笑いをこぼしはじめた。いたずらを成功させた子供みたいに肩を揺らしている。

「……高宇治さん、わざとミスリードするようなことを言ったでしょ」

お兄さんならそうだって電話のときに言えたはず。でも、そうとは言わなかった。

「そんなことないわ。勘違いしたのは君島くんのほうよ」

思わせぶりなことを言って。

まだくすくす笑って。可愛《かわい》いなくそ……。

「はあ、おかしいわ」

じゃねえんだよ。

けど、良かった……。マジで。

「新しい恋人ができたんだと思って、俺は灰になったり空見上げたり嫉妬したり完全敗北したりしたのに――」

「嫉妬？」

「あ、いや、なんでもないデス」

「おい沙彩、男とはつるむなって言っただろ」

「そうだけれど、君島くんは、そういう人じゃないわ」

「いやいやいや、無理無理無理。おまえがそう思ってても、男子高校生は性欲でしか動かねえんだから」

「違うわ！　君島くんを見くびらないでちょうだい」

高宇治さん。信用してくれるのは嬉《うれ》しいんだけど、お兄さんの言うことにも一理あるんですよ、これが。

「っはぁ〜。だから女子校に行けっつったんだよ。こういうことになるから」

「こういうこと？　友達と一緒に帰ることがそんなにおかしい？　兄さんは過保護なのよ。干渉が多すぎるわ」

「過保護かもしれんし、干渉が多いかもしれん。けど、約束が違うだろ」

約束？

それが何なのか俺にはわからないけど、高宇治さんが押し黙った。

「ともかく……ええっと、君島だっけ。もう沙彩には関わらないでくれ。沙彩もそういうつもりねえから」

そういうつもりっていうのは、恋心のことだろう。

ここ、そんなことないわって否定してほしかったりするんだけど……。

ちら、と高宇治さんを窺《うかが》うと、口を閉じたまんま。

ですよね。

お友達ですもんね、俺たち。

「ちなみに、約束って？」

高宇治さんに訊《き》いてみると、ようやく口を開いた。

「兄さんは、私を私立の女子校に通わせたかったのよ」

「うちは両親いなくて、俺が沙彩の親代わりみたいなもんで、生活費をずっと工面してるんだ」

そうだったのか。

恩があるって言っていたのは、そういうことだったらしい。

「チャラチャラしたことはしてほしくなかったから、女子校に通えって言ったんだけどな。こいつが、私立は金がかかるからって公立校に強引に……」

高宇治さんみたいに頭が良いなら、私立の良い高校でも入れそうなもんだけど、公立のうちに入ったのはそういう理由だったらしい。

想像してみると、高宇治さんは私立の偏差値の高い高校のほうが、人物像的にも違和感がない。

「そのとき、兄さんと約束したの。『不純異性交遊はしない』って。それを条件に宮ノ台高校に通っているのよ」

なんっつー約束を……。

内心俺は頭を抱えた。

俺なんか、高宇治さんと不純異性交遊する気満々だってのに。

それが禁じられていたとは……。

「そのときは恋愛に興味がなかったから、大した条件だとは思わなかったのだけれど」

……ん？　その言い方は……。

「事情はわかっただろ？　これ以上沙彩に付きまとわないでくれ」

話を強引に終わらせた直道さんは、高宇治さんの腕を取って車のほうへ歩きだすが、妹はその手を振り払った。

「ちゃんと守ってるじゃない。何が不満なのよ。異性かもしれないけれど、君島くんとはいいお友達なの」

そうなんですよ！　って正面切って言えねえ。お友達で関係を完結させたくないし下心がたくさんあるから。

「『マンシン』のヘビーリスナーで、私、その話ができる相手ができてとっても楽しいんだから！」

感情を剥《む》き出しに食ってかかる高宇治さんが珍しく、俺は真剣なその表情を見守るしかできなかった。

ちなみに『マンシン』は『マンダリオンの深夜論』の略だ。

「共通の趣味の話ができて楽しいってのはわかるが、君島は、友達だけの関係だと思ってないだろ？」

「…………イエ、友達、デス」

高宇治さんを援護したい気持ちと、本心では友達で終わりたくない気持ちが混ざって、変な間があいてしまった。

そのせいで、直道さんはほらな、と言いたげに鼻を鳴らしている。

「どこが不純異性交遊なのよ！　私たちまだ手を繋いだりキスしたりしたこともないんだからっ」

通りに高宇治さんの声が響き渡った。

「高宇治さん、『まだ』って言うと、その……」

「え？　……あっ」

口走った言葉を認識した高宇治さんが、じわじわと顔色を赤くしていった。

「そ、そんな予定ないわよっ！」

道行く人も振り返るほどの大声で、拳をぶんぶんと振りながら高宇治さんは改めて否定した。

『まだというか、未来のことだから、可能性はなくないわけで……（もじもじ）』

みたいな、俺が期待したそんな展開はどこにもなかった。

困ったように頭をボサボサとかいた直道さん。

たぶん、家族から見ても、ここまで食い下がる高宇治さんが珍しいのかもしれない。

「約束は約束だ。はいそうですか、で引き下がるわけにはいかない。男子高校生なんか下半身中心で物事考えてんだからな」

「君島くんは違うって何度言えば――！」

「そこまで言うんだったら、俺を認めさせてみろ」

どう転ぶかわからない会話に、俺も高宇治さんも次の言葉を待った。

「君島、『マンシン』のヘビーリスナーなんだってな」

「はい。毎週リアタイしてます」

「『マンシン』は、業界聴取率ナンバーワンとも言われているし芸人もかなりの数聴いている、いわばお笑い偏差値激高ラジオだ」

「はい。もちろん知ってます」

俺はドヤ顔で答えた。

俺が『マンシン』のことで知らないことはない。

他のラジオ番組を聴くこともあるけど、芸人さんがやっているラジオで、トークもネタも一番レベルが高いのはやっぱり『マンシン』だった。

ぼそっと高宇治さんが補足する。

「兄さんは、元々芸人だったの。家庭の事情や組んでたコンビの解散もあって辞めることになってしまったけれど、そのときの伝手《つて》で、今はラジオの構成作家をしていて……」

「構成作家⁉」

俺の食いつきを見て、直道さんがくいっと眼鏡を上げた。

構成作家、放送作家とも言われるそれは、送られてくるメールを採用したりコーナーを考えたりする番組スタッフのことだ。

高宇治さんがラジオは兄の影響でって言っていたのは、こういうことだったのか。

「『マンシン』のレベルがかなり高いのを知っているなら、話が早い」

一拍置いて、俺をじっと見る直道さん。そして、指を三本立てた。

「次週の放送から数えて三回以内に『マンシン』のネタコーナーでメールを一通以上採用される――それができたら、一緒に帰ることくらい認めてもいい」

「コーナーに……メール採用……」

「俺は、面白いやつしか認めない。カッコいいとか頭がいいとか金があるとか、そんなのどうだっていい」

これ、高宇治さんに協力を頼めば、簡単に通るんじゃ……。

直道さんは『宇治茶』が高宇治さんだと知らない可能性がある。

いや、きっと知らない。

下ネタメールを送っているなんて、身内には知られたくないだろうから隠しているはず。

高宇治さんに視線をやると、思いのほか険しい表情をしている。

「い、いいですよ。やります。やってやりますよ」

「楽しみにしてるよ。わかりやすいように、ラジオネームを決めておこう。そうだな……

『さわやかポンチ』で投稿して」

くふふ、と高宇治さんが反応してハムスターみたいに口をパンパンにしている。

ポンチはギリギリ下ネタじゃないけど、反応してしまうらしい。

相変わらず、笑いのツボは小学校低学年と同じらしい。

「わかりました。『さわやかポンチ』ですね」

「ぷふーっ」

高宇治さんが堪えきれず吹き出した。気にならないのか、直道さんはスルーしている。

「それ以外はカウントしないからな」

そう言い残して直道さんは車に乗り込んだ。

「君島くん。あとで連絡するわ」

「うん」

じゃあ、と高宇治さんも助手席に乗り込む。

出発寸前に、わざわざ窓から顔を出してこっちに手を振ってくれた。

たったそれだけで、気分が晴れやかになる。

俺は薄暗くなりはじめた道路を滑るように走る車を見送った。

その日の夜、部屋でのんびり過ごしているところにメッセージが届いた。

シュバっと正座してアプリを起動。

高宇治さんからだと思って見てみると、相手は名取さんだった。

『先生に訊いてみたよん。自主練おっけーだってさ！』

張った気がゆるみ、すぐに正座を崩した。

ほどよく絵文字が添えられている文面は、名取さんそのものって感じがする。

『ありがとう!!』

『いいってことよー』

ってメッセージのあとに、親指を立てたゆるキャラらしき何かのスタンプも送られてきた。

またメッセージが送られてくると、今度こそ相手は高宇治さんだった。

『今日は、兄がごめんなさい。ああいう過保護なところがあるから、気にしないでちょうだい』

『ううん。全然いいよ』

本当はあんまり良くない。

だって、俺は不純異性交遊したいわけだし、直道さんはそれを許さないわけだし相反しまくりなわけだ。

『メール採用のことで、電話してもいいかしら？』

メッセージでやりとりするより、こっちのほうが早いと思ったんだろう。俺も訊《き》きたいことがあったので、ちょうどよかった。

すると、名取さんからもまたメッセージがあった。

『灯くん、今電話大丈夫？』

？　なんで？

会話はさっきのやりとりで終わったと思ったんだけど――、でも今はタイミングが悪い。

高宇治さんのほうが色々と重要度が高い。

女子二人から電話してもいい？　ってほぼ同時に訊かれるとか、どんな夢だよ。

『ごめん、今はタイミング悪くて』

そう返すと、秒で『ＯＫ』と書かれたゆるキャラスタンプが返ってきた。

で、次は高宇治さん。

電話してもいいか訊いてくるってことは、こっちから電話しても大丈夫なんだよな

……？

崩れていた正座をもう一度正して、俺は通話ボタンを押す。

あぁ……緊張する。

メッセージも慣れてきて緊張しなくなったし、面と向かってしゃべるのにも緊張しなくなったのに、電話はなんでこんなに緊張するんだろうな……。

コール音が聞こえてくるたびに、緊張度がどんどん増していく。

緊張がピークに達したときに、コール音が消えた。スマホを耳から離して確認してみると、通話開始となっていた。

つつつつつ、繋がった！

「あのあの、もももしもしもし」

心臓がバクバクしすぎて、テンパったまま声を出してしまった。

『はい、もっ、もしもし？』

「ごめん、急に。電話大丈夫だったから掛けてみたんだけど、高宇治さんは大丈夫だった？」

『ええ。けど、今からお風呂に入ろうとしていて』

Ｏｈ……。

『繋いだまま待っていて。服を着るから』

服を、着る……？　ってことは、今、ハダカなんですか。

え、あ、おお、え？　とか言葉にならない何かを発していると、ごとん、とスマホをどこかに置く音がする。

脱衣所かどこかにいるのか、もぞもぞ、しゅるり、と衣擦《きぬず》れが聞こえてきた。

今、高宇治さん、服着てるんだ……。

もわもわ、と浮かんでくる想像を振り払うように俺はぶんぶんと首を振る。

こほん、と咳払《せきばら》いのような声がして、『お待たせ』と高宇治さんが電話に出た。

「いや全然。ありがとうございました」

『？　なんのお礼？』

首をかしげている仕草が目に浮かぶ。

なんでもない、と俺は適当に誤魔化《ごまか》した。

「ネタメール採用の話、あれって高宇治さんが手伝ってくれれば余裕だと思うんだけど、できたら協力してくれると……」

『そう。その件なのだけれど……』

と、言いにくそうに口ごもる。

『前、採用率八割って言ったと思うけれど』

「うん」

だからこそ、協力を得られれば余裕なんじゃなかろうかと――。

『実は、見栄《みえ》を張って盛ってしまったの。本当は一割くらいで』

「……そ、そうなんだ」

結構採用されている『宇治茶』さんでも一〇通に一通……？

「え。キツ……」

『そう。激戦区というのは伊達《だて》じゃないのよ』

「ズルはできないってことか」

『そうなるわ。アドバイスみたいなことはできるかもしれないけれど、必勝法はないの。そもそも、面白いかどうかで判断されるから、基準自体主観的で曖昧なものだし……』

それもそうだな。完全にアテが外れた。

「どうにかするしかないのか」

『ええ……。それに、なりすましで私が送って採用されるとは限らないし、兄さんの基準では私は約束を破っていることになっているみたいだから、これ以上マイナスなことをするのは気が咎《とが》めるわ。伝手を使えば送信者の特定もできるでしょうし』

だよな……。

高宇治さんのなりすましは俺も考えたけど、完全なズル。フェアじゃない。城所先輩がポーカーで仕掛けたイカサマと同じだ。

それに、身バレのリスクを考えれば、やらないに越したことはない。

『ともかく、ネタを作って作りまくるってことくらいしか、私はアドバイスできないわ』

「うん、やってみる」

直道さんに認められなくっても別にいいんじゃないかと思わないでもない。

俺が良くても、高宇治さんは良くないんだろう。

親代わりのような兄で、尊敬もしているって言っていた。そんな人に隠れて後ろめたいことをし続けるのは、やっぱり気分が良くないだろう。

『年が離れていることもあって、昔から兄さんは私のことを可愛がってくれたわ。今思うと、兄妹というより父親と娘みたいな距離感だったのかもしれない』

「美少女の妹を持ったら、過保護になっちゃうんだろうな」

『びっ……美少女じゃないわ。違うわよ。茶化《ちゃか》さないで』

ごめんごめん、と俺は軽く謝る。

『芸人時代はコンビを組んでいて、兄さんが書いたネタでローカルな漫才新人賞で賞を取ったりしたこともあって』

「すご」

『才能はあったのだけれど、事情があって解散してしまって』

たぶん、俺に直道さんのことを悪く思わないでほしいんだろう。

「自慢のお兄さんだね」

肯定の声は聞こえなかったけど、無言のその間がそうだと言っているようだった。

『そんな兄さんだからこそ、君島くんのことを正面から認めてほしいの』

「わからせてやるしかない……！」

『君島くんならきっとできるわ。私並みのヘビーリスナーなんだもの』

ここまで好きな女子に応援されて、やる気にならない男子はいない。

「ありがとう。頑張る。そういや、体育、テニスやるみたいだね。やっぱ女子は男子のほう見に来るの？」

見に来ないのであれば、自主練する意味もないんだけど。

『ええ。私も見に行くと思うわ』

体育は好感度が上がることもあるし下がることもある。

何あれキモッてなって、無視されるようになるまである。……かもしれん。

『そのぅ……、見るから』

口ごもった様子で、ぼそりと高宇治さんが言う。

ニュアンス的に、男子をっていうより、俺をって感じだった。

なんか、期待度高くね？
あぁー、本格的にダサいところを見せられなくなった。逃げ道なくなった。
名取さんにお願いしておいてよかったー。
俺たちはそれから、ほどよく雑談をして通話を終えた。
テニスもやるしかねえ。
けど、まずはネタメールのほうだ。
勉強机に向かい、ペンとノートを広げる。
ふふ……。思わず笑っちまう……。
「全然、まったく、なーんにも思い浮かばねえ……」
わからせられたのはこっちだった。絶望に俺は頭を抱えた。
ネタメールむずっ。

３　基本こそ奥義

放課後。ちょっとした学級委員の仕事を頼まれていた俺と高宇治《たかうじ》さんは、雑用を済ませ教室に戻ってきた。

「コーナーにもよるけれど、あるあるネタが考えやすいかもしれないわ。その分自分なりの角度は必要になるけれど」

俺がネタメールの難しさを語ると、得意そうにそう教えてくれた。

「それはわかってるんだけど、いざ面白いものをって考えると、中々難しくて」

実際、リスナーになってから何度か送ったことがある。けど採用されたことは一度もない。思いついただけのものを送っていたので、ここまで真剣に考えたことはなかったのだ。

もう誰もいないので、俺は憚《はばか》ることなくスマホのメモ帳を開き、ああでもないこうでもない、とメモしては消している。

「君島《きみしま》くん、帰らないの？」

帰る準備を済ませた高宇治さんが席を立った。

スマホの時間をちらりと見る。今日は名取《なとり》さんとの自主練がある。それは部活後なのでまだ少し時間があった。

自主練は、簡単に言えばカッコつけるためだったりするので、大っぴらには言いにくい。

昨夜、見に行くって高宇治さんが言っていたのもあって、「私が見に行くって言ったから張り切っている」って思われるのはちょっと困る。事実ではあるんだけど。

【寂《さみ》しがり屋】の高宇治さんは、誰かと一緒に帰りたいんだろう。

いつもの流れでは俺がたまたま選択肢に入っているだけで、俺がいないなら他の誰かと、となるはず。

時間をもう一度確認する。駅まで送って学校に帰ってきても、テニス部の部活が終わるまで余裕がある。

「じゃ、帰ろうか」

俺は手ぶらで席を立った。

「荷物は？」

「ああ、また戻ってくるから」

「……そう？」

不思議そうに高宇治さんは目をぱちくりとさせる。

学校をあとにして、いつものように駅までの道を辿《たど》る。直道《なおみち》さんにバレませんように。

「ひとつ言っておくけれど、別に一人で帰るのが嫌ってわけではないのよ？」

「本当にー？」

いたずらっぽく訊くと、膨れてしまった。

「本当よっ」

この前校門の陰で待ってたくせに。

下ネタ好きでジャンクフードが好きで、大人数が苦手で寂しがり屋で、ぱっと見でわかる彼女の人物像とステータスはことごとく逆をいく。

付き合いが面倒くさい女の子と思うかもしれないけど、俺はそうは思わなかった。

「……ネタメールのこと、兄さんが一方的に押しつけた条件なのに。普通に考えれば君島くんには迷惑をかけてしまっているんじゃ……」

その発言には首を振った。

「そんなことないよ。俺は別に家族でもなんでもないから、お兄さんにどう思われようが構わないんだけど、高宇治さんはそうじゃないでしょ。交遊関係を制限されるのって嫌だと思うし、身内にチクチク文句言われ続けるのって、気分も良くないだろうし」

「そんなに真剣に考えてくれているのね」

意外そうに高宇治さんはまばたきを繰り返す。

「面倒な兄でごめんなさい。妹の私から謝っておくわ」

「その妹さんも、内面はひとクセあるけどね」

わざとらしく肩をすくめて言うと、俺の意図はきちんと伝わったらしい。

「どういうことよ」

肩を小突かれた。口調は淡々としたものだったけど、高宇治さんの目は笑っていた。冗談冗談、と俺は発言を訂正した。

今日はその面倒な兄が登場することはなく、無事駅までやってこられた。

さて、俺はこのままUターンでまっすぐ学校に戻ろう。

「じゃあ、また」

「ええ」

いつもなら手を振ったあとすぐ改札に入る高宇治さんだったけど、今日はなかなか入らない。

「どうかした？」

「私っ――か、帰り道、結構楽しみにしているんだから！」

「え？　それは、ありがとう……？」

きょとんとする俺に高宇治さんは続けた。

「面倒くさい女だって思っているかもしれないけれど、明日も明後日も、これからも、よろしくお願いします」

言うや否や、俺の返答も聞かずにぴゅーんと走り去っていってしまった。足速ぇな。

さっき言われたことを整理すると、高宇治さんは俺と帰るのを楽しみにしている。けど俺にも都合があって毎日同じようにはできない。面倒くさいと思うかもしれないけど、それでもやっぱり一緒に帰りたい――ってことか？

【寂しがり屋】持ちの高宇治さんは、俺と帰ることを良く思っていて、俺は一緒に下校するだけで好感度が上がる。

関係性が、小さくだけどステップアップしている感じがする。

【寂しがり屋】っていうのは、むしろ良いステータスなんじゃないか。それが俺にとっては良いギャップにもなっている。

踵《きびす》を返して学校に向かおうとすると、高宇治さんからメッセージが届いた。

『頑張ってね』

なんでそんなひと言で、やる気ってこんなに出るんだろうな。

学校へ戻る途中にもネタメールを考えてはみたものの、思いつかねえもんは思いつかねえんだよなぁ……。

結局何も思い浮かばないまま学校に帰ってくると、ちょうどいい時間になっていたので荷物をまとめて教室をあとにした。

「あ。灯《あかり》じゃーん。まだいたのー？」

廊下の向こうから、鞄《かばん》を肩にかけた春《はる》がこっちへ歩いてきている。

「ちょっとな。そっちこそ何してたの？」

「うーん、恋バナ？」

女子は好きだな、それ。

昇降口でスニーカーに履き替えると、ぱん、とローファーを三和土《たたき》に落とした春がつま先をつっかけた。

「帰ろ、帰ろー。なんか一緒に帰るの久しぶりくなーい？」

上機嫌そうな春が隣に並んだ。

「それがまだ帰らんのだよ、春ちん」

「え？　なんで？」

「名取さんとテニスの練習するから」

「あ。もしかして体育でテニスするから？」

ここまで言うとさすがに察しがつくか。

「まあそんなとこ」

「カッコつけなくってもさ……灯は灯のままでいいじゃん」

「つけたいんだよ。カッコつくかはわからないけど」

ふうん、と曖昧な返事をする春。

「無理してない？」

「してない。ここで頑張らないと、ワンチャン幻滅、これまでの関係性ゼロどころかマイナスまである」

「そんなことでそうなるなら、それまでの子ってことじゃん。今までの一緒に話して楽しかった記憶とかなんでリセットされんの？」

「んな正論言うなよー」

すぐ芯食ったこと言うんだから、このギャルは。

部室棟から制服に着替えた日下部《くさかべ》くんたちが出ていくのが見える。これで昨日みたいにからかわれることもないだろう。

一人ぽつんと残っていた名取さんが、俺たちに気づいて手を振ってくれた。

「お待たせー。二時間くらいなら大丈夫みたい！」

「何から何までありがとう！」

昨日は入れなかったテニスコートにお邪魔し、制服の上着を脱ぐ。

「……春、なんでついてきたの？」

「なんか楽しそうだから、あたしもやろうかなーって」

「いいよいいよ！　春ちゃんもやろー！」

「いえーい！」

「いえい、かもん！」

ノリノリでハイタッチしてるし。

陽キャコミュ強女子のノリはよくわからんな。

俺と春は、名取さんが用意してくれたラケットを借りさっそくレッスンに入った。

「ま、テニスなんてサーブとレシーブがまともにできれば、体育レベルなら簡単に勝てると思うから、そこからやっていこう！」

「うす」

「はーい」

習うより慣れろということで、簡単なポイントだけ教えてもらい、ボールがたくさん入った買い物かごを足下において、それぞれサーブの練習をはじめた。

けど……当たらん。

「ここからここのエリアに入れるんだよー？」って名取さんに言われたところに入れようとするけど、そもそも当たらん！

サーブむず。

俺が苦戦している横では、春が順調にボールを打っている。

「春ちゃん、うまー！　ちゃんと入ってるし！」

「でっしょー？」

ご機嫌な春が、またボールをトスする。

「んしょ！」

ぱこん――、と春が打ったサーブがきちんと入る。けど、スカートのままやっているから、ふわりとスカートが浮いて中が――。

「春ちゃん、パンツ見えてる！」

「!?」

ばっと裾を押さえた春が、こっちを見てくる。瞬時に顔を背けた俺は、真面目な目をしてまたトスを上げて空振りをした。

見てないし聞いてない。俺は幼馴染《おさななじみ》のパンチラなんて興味全然ないし。

けど、白だったな今日も。

「灯くん、ちょっと失礼」

名取コーチがやってくると、俺の背後にぴたりとくっついて、両手首を掴《つか》んだ。

エロおやじが女性にゴルフレッスンするときみたいに、ほぼ体が密着している。

「ええっと、こうやって、こう――！」

名取さんが俺の腕を動かしてくれるのに合わせて、ラケットを振ってみる。

そのままの状態でトスを上げて、もう一度ラケットを振る。すると、ぱこん、と当たり、サービスコートにきちんと入った。

「あ、打てた」

「感覚的にはこんな感じだよ」

そのままアドバイスを二、三聞いていると、ぱっと名取さんが距離を取った。

「あ、ごめん、私部活終わりだから汗くさいかもっ！」

「全然！　におわないっていうか無臭。そもそも無臭」

「ならいいや。よかった」

照れたような笑顔を覗かせる名取さん。

「シュートッ！」

ぱこん、と春が打ったボールが俺の顔面に直撃した。

「あべし⁉」

「灯くん、大丈夫⁉」

「おい、こら、何すんだ」

俺が苦情を送ると、春は悪びれもせずに言った。

「間違えた。さーせん」

「ぜってーわざとだろ。なんで真横に打つんだよ」

まったく。このハレンチテニスプレイヤーめ。

はあ、とため息をついて、さっき操ってもらった感覚を忘れないうちにもう一度サーブを打つ。すると、また上手《うま》くいった。

「よし」

「うん……灯くんになら、私の必殺ショットを伝授できるかもしれない」

「できねえよ。キャリアたった五分の何を見てそう思ったんだよ」

「だって、すぐに覚えたから」

「まぐれだよ、今のは」

自分で言うのもあれだけど。

全然聞いてない名取さんは、真剣に語る。

「私が今から伝授するショットは、サーブはもちろん、レシーブ、スマッシュ、フォア、バック、ボレーどれにでも応用が利くやつで……」

「人はそれを基本って言うんだよ」

俺の話が耳に入らない名取さんは、さっそくそのショットの解説をはじめた。

「強いスピンをかけて打つそのショットの名は『ライジングスター』」

キッズアニメでありそうな技名だな。

名取さんは依然としてクソ真面目な様子で、おふざけ感ゼロ。ボケじゃなくマジで言ってる。

「どんなショットかっていうと、ボールが雷をまとって――」

「まとわねえよ」

どうなってそうなるんだよ。

雷ならスターじゃなくてサンダーだろ。

「灯くんならできるかもしれない……やってみよう」

「ああ、うん……」

基本もままならない俺は、名取さんに言われるがまま、「こうしてこう」と教えてくれるラケットのスイングを真似《まね》していく。これでどうやって雷出すんだよ。

「うーん、なんかちょっと違うな？」

また名取さんが背後に回り、また俺の両手首を摑んで密着する。

「こうで、こう！」

「お、おう」

名取さんが真剣だからあんまり考えないようにしていたけど、くっつきすぎだから。

控えめな胸の感触とかちょっと背中に感じるし。

「シュートッ！」

また春が俺に向かってわざとサーブを打ってくる。

「ほべ⁉」

きっちり直撃すると、手を休めることなく春がバカスカ打ってくる。パンチラを気にする以上に俺への怨念が上回ったらしい。

春が放った打球は俺に全弾命中した。お上手ですこと！

「おい！　なんの罰ゲームだコレ！」

「あたしもヒーロちゃんも真面目にやってるのに、灯がスケベな顔してるから」

「……」

否定できん。

「灯くん、大丈夫？」

名取さんはちゃっかり俺を盾にしているのでノーダメージ。

「うん。そこまで痛くなかったから」

もぉ、と名取さんが俺の肩越しに顔を出した。

「春ちゃん、さっきから思ってたけど」

言ってやってください。あのハレンチギャルに。

「シュートはサッカーだから」

そこじゃねえよ。人に向かってボールを打つなっていうマナーの指摘してくれよ。

「ヒーロちゃん、バスケもあるよ」

揚げ足とんな。

気を取り直した春は、またサーブ練習をはじめた。俺じゃなく、反対側のコートに向かって。

「春ちゃん、可愛《かわい》いね。めちゃくちゃやきもち焼くじゃん」

「え？　そう……？」

名取さんの操り人形と化している俺は、両腕を動かされるがままだった。

「スイングはオッケー。その感じを思い出しながら、打ってみて。私が前からボールをトスするから」

「うん」

スイングがどうこうじゃなく、空振りだけしないように気をつけよう。

カゴを持って移動をした名取さんが「行くよ」と俺に向かってトスする。ワンバウンドしたボールを、スカさないようにだけ気をつけながら、スイングする。

コンッ、と小気味いい音と感触が手に残った。

きちんと捉えた打球がグングン加速していく。

ネットを越えたあたりで、バチヂッ、とイナズマみたいなものをまとい、コートを勢いよくバウンドした。

な……なんか出た⁉　ボールからなんか出たんですけど⁉

「灯くん、すごい！　やればできるじゃん！」

「やればできるっていうか、超常現象すぎるっていうか」

「え？　何が？」

名取さんには見えてないのか……？

もう一度やってみると、ボールは同じようにイナズマをまとい、しかし名取さんには見えないようだった。

ステータスが見える俺にだけ、それらしき物が見えるってことか？

春も「やるじゃーん」と言うだけで、おかしな現象には言及しなかった。

「灯くん、センスあるよ！　すごいね！」

「たまたま上手くいっただけだから」

「これを繰り返して体に覚えさせよう！」

「うす」

暗くなってきたので、名取さんが簡易照明を付ける。

すると、薄暗がりの中、誰かがコートに近づいてくるのがわかった。

「おーい。誰だ、まだ残ってるのは」

む。あのシルエットは。

「げ。マッチョン！」

春の天敵、体育教師で生徒指導のマッチョンが、ガタイの良い体をのしのしと揺らしながら、こちらへやってきている。

ばひゅん、と春は逃げ出し、物陰に隠れた。

「名取と……君島か？　生徒は全員下校する時刻だぞ。早く片付けて帰りなさい」

「顧問の小久保先生に自主練習の許可をもらってるんで――」

「そんな話、先生聞いてないぞ。鍵を閉めるから早く片づけなさい」

顧問が許可出してるんなら、それでいいだろうに。

「えっと、でも……あと一時間くらいは……」

「いいから早くしなさい」

「そんなぁ……」

名取さんが困っている。

・桜小路詩陽《さくらこうじしよう》
・成長：成長
・特徴特技
トレーニー
質実剛健
脳筋
神戸レイブンズファン

古賀先生に片想《かたおも》い

相変わらず名前とキャラが全然違うんだよな。この人。

【古賀先生に片想い】？　こんなの、前に見たときはなかったな。古賀先生っていうのは、二〇代後半くらいの保健室の先生だ。

成長欄が【停滞】だったのが【成長】に変わっているから、しばらく見ない間にステータスが更新されたらしい。

前、春が絡まれたときは、プロ野球チームの神戸レイブンズの話で話題をそらして切り抜けたけど、最近レイブンズの調子が悪い。同じやり方だと逆に機嫌を損ねそうだ。

となると――。

「先生、最近古賀先生がハマっているらしい動画があって」

「いきなり何の話だ」

口ではそう言っているものの、マッチョンは完全に食いついている。

「猫動画、めっちゃ見てるらしいですよ」

「だ、だからなんだ」

俺はわざとらしく時計を見て言う。

「古賀先生、そろそろ帰る時間ですね」

「………………」

「その話をしたら、盛り上がるんでしょうねー」

「……あんまり遅くならないようにな！」

くるりと踵《きびす》を返したマッチョン。何か言いたげな目で俺を見てくるマッチョンに、俺はグッドラック、と親指を立てた。

うなずいたマッチョンは校舎のほうへ駆け足で戻っていく。片想い男子に幸あれ。

「はぁ……。よかった。助かったよ、灯くん」

「どういたしまして。顧問の許可とってるんだったら、マッチョンの許可要らないだろうし」

「そうそう。本当にそれだよ。大会近かったらこれくらいの時間まで練習したりするし。

……てか、灯くんって古賀先生と仲良いんだね」

「ううん。全然」

「え？　猫動画見てるって話は？」

「大抵の人はだいたい見るもんじゃない？」

嫌いな人のほうが珍しいだろう。

本当のことではないけど、嘘《うそ》でもないってところだ。

「口が上手いね」

にしし、と名取さんが笑うので、俺も釣られて笑った。

すると、体がうっすらと光って、ステータスの更新があった。

・君島灯
・成長：急成長
・特徴特技
モブ
強心臓
ラジオオタク
ポーカーフェイス
褒め上手
ライジングスター

脚色家

【ライジングスター】覚えとる⁉

ステータスに載るようなものだったのか。

それと、【口八丁】が【脚色家】に変わっている。

あることないことをマッチョンに吹き込んだせいだろう。

「マッチョン、もういない？」

警戒モードの春がひょこっと顔を覗かせて、周囲を確認する。

「大丈夫だよ。灯くんが追い払ったから」

「灯って、マッチョンと話をすれば弾みまくりだし、もうマブじゃん」

「違うわ」

けらけらと笑う春が戻ってくると、練習を再開し予定していた時間通りに終わった。

名取さんのおかげで、当たらなかったボールが当たるようになったし、【ライジングスター】とかいう謎の技も覚えた。

カッコがつくかどうかはわからないけど、無様な真似《まね》はしないで済みそうだ。

◆高宇治沙彩《さあや》

兄の直道は、沙彩と年が一二歳も離れていることもあり、幼い頃からよく可愛がってくれた。それは、妹というよりは娘に近い感覚だったのかもしれない。

ひとり親で二人とも母に育てられたが、小六のある日から母が家を出ていってしまい帰らなくなった。

それから、残された兄と妹の生活がはじまった。

兄はその当時、将来を有望視されていた芸人だったが、コンビ仲の悪化が進み解散。

妹の生活を考え、業界から去りまったく関係のない別の仕事をはじめようとしているとき、知り合いの伝手《つて》でラジオの構成作家の話をもらったという。

そして、兄は比較的安定していることもあり、表舞台に立つのをやめ、裏方の仕事に回った。

事情はいくつかあるが、自分がいなければ兄はまだ芸人として表舞台でスポットライトを浴びていたのではないだろうか。

深夜のバラエティ番組で『消えた天才芸人のその後』というＶＴＲが流された。

高宇治直道もその中の一人として、その後を紹介されていた。

それを見たスタジオのかつての先輩たちが兄の才能を褒めていた。

名の通った芸人の賞賛の言葉は誇らしくもある反面、そんな兄の将来を自分が閉ざしてしまったのでは、と思わないではいられなかった。

「他にはいないんだよな？」

自宅で夕飯を食べていると、直道が唐突に切り出してきた。

みなまで言わずとも、仲が良い男子のことだろう。

「いないわよ。兄さんは、私のことを尻軽だとでも思っているの？」

今不自由のない暮らしをできているのは、兄のおかげであることは重々知っているし恩を感じてもいる。

だが、それとこれでは話が別だ。

「そうじゃねえけどな、男子は常にワンチャン狙っている生き物で……」

「君島くんは兄さんとは違うの」

「一緒だよ」

お互い顔を見ないままの会話は平行線を辿《たど》っていた。

「約束は約束だから守ってくれよ。そういう話だったろ」

「……」

それを言われると弱い。

恋愛にまったく興味がなく、高校三年間で気になる男子ができるとは微塵《みじん》も思っていなかった。

そのせいで、軽々しく条件を呑《の》んでしまった中三の自分が恨めしい。

灯のことは好ましく思っている。思ってしまっているので、どうであれ兄に交友関係を認めてもらうしかなかった。

こちらの事情を押しつけるような形なのに、灯は物分かりがよく、協力的なのはすごく助かった。

学校内まで直道は監視できない。

灯が言ったように、隠れてこの関係を続けることはできるが、もしそうすれば、生真面目な沙彩は慕っている兄との『約束を破っている』という事実に、後ろめたさを感じてしまう。

「まさかとは思うけど、おまえのほうが好きってことはないよな?」

いきなりのことに、げほ、げほ、と沙彩はむせた。

「そ、そんなわけないでしょっ！」

赤くなった顔に、ぱたぱた、と手で風を送り込む沙彩。今日も楽しかった帰り道のことがフラッシュバックしていた。

「きゅ、急に何を言い出すのよ……」

好き……なんだろうか。

人として好ましく思っているのはたしかだが、恋愛の好きかどうかは、まだぼんやりとしている。

一緒にいて楽しいし、しゃべっていて楽しい。

自分がこんなふうに感じている人だからこそ、灯のことを正面から兄に認めてもらいたかった。

「一応の確認だよ。あるわけないよな、そんなの。ザ・ラジオリスナーって感じの、イケてなさそうな男子だったしな」

嘲りのニュアンスを含んだ発言に、沙彩がキッとねめつける。

「だから？　イケてるかどうかなんて、そんなのどうだっていいでしょ。深夜ラジオリスナーに悪い人はいないのだし」

「はいはい」

またそれかよ、と直道は小さく肩をすくめた。

夕飯を終えて夜の八時。

自分の部屋に戻り、灯は今何をしているだろうか、と想像を巡らせる。

『何か思いついた？』

何気ないメッセージを送って、しばらく。

ちらちら、とトークルームを確認するが、既読がつかない。

送ってからもう一時間が経《た》とうとしていた。

「わ……私、変にプレッシャーを掛けてしまっているんじゃ……!?」

不安になり、そんなつもりはないと文章を打つが、上手《うま》くまとまらない。

そうだ、と沙彩は閃《ひらめ》いた。

「私の経験でネタメールで参考になりそうなことを送ればいいんだわ」

よしよし、と方針が固まり、普段心掛けていることや、どうしてそうなるのか、など理論的に文章をまとめていく。

「できたわ」

メッセージ欄が真っ黒になるほどの超長文のアドバイスが出来上がった。

「……」

ふと我に返る。

自分の創作技法を披露しているようで、書いている最中は非常に心地よかったのだが、客観的に見て、さすがにこれは長すぎる。

「引くわよ、こんなの！」

沙彩はベッドにスマホを投げつける。

「それに、誰が言ってるのよ！　採用率八割だなんて大嘘を盛りに盛ってしまって！　説得力ないわよっ」

ネガティブなイメージで膨らんだ灯が、脳内で皮肉を言ってくる。

『採用率八割なんて嘘ついて、そんなに尊敬されたかったんだ？　貴重なアドバイス、ありがとね』

そんな人じゃないわ、と沙彩は想像を振り払う。

「私はただ、君島くんとの関係を誰にも邪魔されず続けたいだけなのに……」

ぽつりと本音がこぼれる。

丸っこいペンギンのぬいぐるみを自分の前に座らせ、沙彩は人差し指をびしっと突きつけた。

「いい？　私は、恋愛の好きとかそういうアレではなく、君島くんのことが人としてす、……す…………良いなと思っているだけ。何か勘違いしてるんじゃないの？」

言いたいことを言った沙彩は、無言のペンギンを抱きしめ、ペンギンの頭に顎を乗せる。

スマホをまた覗いてみるが、まだ既読はつかない。

「君島くん……こんな時間まで何してるのかしら……」

アイコンをタップし、灯の無機質な自己紹介画面を見る。まだメッセージに既読がつかないことを確認すると、待つ時間に耐えられなくなった沙彩は、送信を取り消しスマホの画面を暗転させた。

学校があってもなくても、やりとりがほぼ毎日あった。

そのせいか、反応がないとやっぱり寂しい。

4　体育でテニス

今日は一限から例の体育が行われる日だった。

テニスの特訓を名取《なとり》さんと春《はる》としたこともあり、気持ち的に余裕があった。

それに【ライジングスター】とかいう名取さん直伝の謎ショットも覚えている。対策はばっちりだ。

テニス場に集まった生徒たちを前に、マッチョンが説明をする。

ここに集めた以上、やることはテニス以外ないだろう。

倉庫に入っている古ぼけたラケットを各々が手にしていた。

「えー、まずは二人一組になって簡単に練習をしていくぞー」

女子は女子。男子は男子と分けられるので、必殺『二人一組は春頼み』が封じられてしまっている。

別に一人でもいいか。めちゃくちゃ練習したし。

「君島《きみしま》は、先生とやろうな？」

マッチョンが良い笑顔で俺のそばにやってきた。

「仕方ないですね、先生」

「いや、こっちのセリフだが。オレが余っているのではなく、おまえのほうだからな？」

ガハハと笑うマッチョンはご機嫌麗しいようで、声を潜めて俺に言う。

「古賀先生、猫好きだった」

「良かったじゃないですか」

「話が弾んだのは君島のおかげだ。……他、何かないか？」

欲しがるなー。

「今のところは。また情報を何か掴《つか》んだら」

「うむ」

片想《かたおも》い男子同盟が結成されつつあった。

四面あるコートの半分は男子が使い、もう半分は女子が使っている。

高宇治《たかうじ》さんの体操服姿は眩《まぶ》しいくらいで、ラケットを振る度に黒髪がふわりと弾んでいる。

スポーツ万能は伊達《だて》じゃなく、普通にテニスも上手そうだった。

半袖の体操服からは細い二の腕が伸びていて、健康的な白い脚と少し赤みがかった膝。

高宇治さんだけ、青春ドラマに出てくるヒロインみたいに、ビジュアルが頭一つも二つも抜けている。

男子の大半がチラチラと高宇治さんを見てしまうのもわかる。あと、高宇治さんを意識してカッコつけようとしているやつも多い。

春は色んな意味で体操服でも目立つ。出るところがドンと出ているせいだろう。ちなみにマッチョンとの髪色バトルは今日はほどほどで済んだ。

「陽色《ひいろ》うまー！」

「ははは。いつもやってるからねー」

名取さんは、仲の良い女子とネットを挟んでボールを打ち合っている。今日も元気いっぱいの様子で、相手が変なところに打っても「おっけー、おっけー」と駆け足でボールを取りにいっている。

弟子が心配なのか、俺のほうを見ると小さく手を振った。

「……」

それを見ていた高宇治さんが、紫のもやっとしたオーラらしきものを噴出させている。

「おーい、君島、いくぞー」

「あ、はい」

み、見なかったことにしよう。なんか機嫌悪そうだった。俺、気に障るようなことしたっけ……？

　マッチョンが打ってきたボールを打ち返すとイイ感じに打てた。

　それを一〇分ほど繰り返すと、簡単な試合をすることになった。

「君島。やろうぜ」

　日下部《くさかべ》くんが声をかけてきた。

「ああ、うん……」

　他にやる相手がいないので、助かると言えば助かる。マッチョンは良かったな、みたいな顔でうなずいているけど。

　他は和気あいあいといった様子なのに、うちだけ雰囲気が殺伐としていた。

「相手、俺で大丈夫……？」

　俺とやっても楽しくないだろう、と心配になって日下部くんに訊《き》くと、顔を寄せてきた。

　ああ、もうこれケンカの距離感だ。敵意満々って感じだ。

「おまえがいいんだよ」

「あ、そう……」

「なんでおまえみたいなやつが、高宇治さんと仲良くなってんだよ。大した取り柄もねぇくせに」

そういやこの前の放課後も、高宇治さん関係のことを何か言ってたな。

「ボコボコにしてやるから覚悟しとけよ」

困ったな。

俺は無様な真似《まね》が避けられればそれでよかったのに。相手がテニス部となるとどうあがいても勝ち目はないし、相手が悪いとはいえ印象は良くないだろう。

しばらく待っていると、コートが空き、そこに俺と日下部くんが入った。

簡単な試合形式なので、七点先取したほうが勝ちということらしい。

体育でその部活やってるやつが素人にガチってどうなんだよ。

はぁ、と俺はため息をつく。

「大人げねえな……」

「あ？」

「なんでもねえよ」

体育の球技なんて半分遊びなんだから、楽しくやればいいのに、わざわざ突っかかってきやがって。

ジャンケンをして、日下部くんからのサーブではじまることになった。

けど、逆に言うと、チャンスでもある。

ここで善戦すれば、帰宅部なのにスゴい、となるんじゃないか。

幸い、特訓して得た【ライジングスター】がある。

あれが通用すれば、勝てなくてもそういう展開がワンチャンあるはず――。

ダメ元だとわかると、思ったよりも緊張しないな。

「俺から一点でも取ってみろよ――！」

日下部くんがサーブを打つ。

侮ってくれているおかげで、大して速くない。これなら普通に打ち返せる。

練習通り、ラケットを思いきり振った。

良いときの感触だ。

食らえ！　【ライジングスター】！

パコン、と快音を立てると打球が加速しバチバチ、とイナズマをまとった。

「は？」

鋭いレシーブがコートの隅に決まった。

「嘘《うそ》だろ……」

目をぱちくりさせている日下部くん。

「い、意外とやるな……」

「じゃ、次俺サーブね」

ボールを渡され、位置につこうとすると、見ていた名取さんが控えめにラケットを叩《たた》いて拍手していた。

口でがんばれーと言っているのがわかった。

「灯《あかり》ー！　今なんかすごいの打ったじゃん！　半端なくない⁉」

春も見ていたらしく、声をかけてきた。

「練習したからな」

「たった二時間の自主練で上手《うま》くなりすぎてて草なんだけど！」

俺だって草不可避なんだよ。変なスキル覚えるし、打った球はイナズマをまとうし、どうなってんだよ。

高宇治さんは、今の見てたかな。姿を探すと、あのプレイを目撃したらしく、ほわぁっとしたゆるんだ表情をしていた。

これは、もう目的達成したまであるぞ。

「練習？　そういうことかよ。ちょっと練習したからって調子乗んなよ」

レシーブ位置についた日下部くんが釘《くぎ》を刺してくる。

俺は何も応えず、サーブを打った。

打球はイナズマをまとってサービスコーナーに入った。

「くっ、この――！」

二回目となるとさすがに驚かない日下部くんだったけど、フォン、と空振りをした。

見ていた女子数人がクスクスと笑っている。

「空振りしてる」

「テニス部なのに？　そんなことある？」

いつの間にか、モブの学級委員と長身テニス部男子の試合は、注目を集めていたらしい。

日下部くんは、ラケットを持つ手をワナワナと震わせていた。

「……」

「恥かかそうとした相手に恥かかされるってどんな気分？」

「おまえなッ！」

このくらいの嫌みなら言ってもいいだろ。

「まぐれで二点取ったからって、俺に勝てると思うなよ！」

さっきは俺から一点取れるかな？（ニヤニヤ）って言ってたのに。

「どんどんハードル下がってない？」

「うっせえな！」

お遊び試合なので、次のサーブは日下部くんの番になる。今度は本気で打つつもりのようで、ボールを何度かバウンドさせ、集中力を高めていた。

俺はレシーブ側。

どうにか向こうに返せたらいいかな。

「ヘイヘイ、ばっちこーい」

「灯、それ野球だって」

いつの間にか春がコートの脇までやってきていた。自分の試合じゃないクラスメイトたちもこの試合が気になるのかそばに集まっている。

……高宇治さんはというと、出遅れたらしく人垣の向こうで背伸びをしていた。

「――っら！」と、気合いの声を出し、日下部くんがサーブを放つ。

速っ。

幸い、出したラケットにサーブが当たった。それは良かったけど、力のない返球がふらりと上がった。

「死ねオラッ！」

暴言つきのスマッシュを叩《たた》き込まれ、簡単に失点した。

殺気立った様子で日下部くんはこっちをひと睨みして、レシーブ位置につく。

「体育なのに日下部ガチじゃん」

「引くわぁ」

「勢い余ったとしても死ねとか言うヤツってどうなん？」

やればやるほど性格の悪さが露呈していくようで、どんどん悪印象が増している日下部くんだった。

「灯くんっ、ライジングスターを使うんだよ！」

名取さんが声を上げた。なにそれってみんなが名取さんと俺を交互に見やる。

使うけどその名前を口に出さないでほしい。恥ずかしいから。

サーブが替わり、俺の番。

見様見真似《みようみまね》でボールをとんとんとやってみせ、呼吸を整える。プレイを注視しているせいで、周りがしんとしている。

ボールをトスし、上からラケットを振り下ろす。さっきのように【ライジングスター】が発動し、ボールがイナズマをまとった。

「同じ手は何度も通用しねえぞ！」

それを日下部くんに返される。

基本しか教わっていない俺には、返ってきた打球を向こうのコートに打ち返すのが精一杯。

それがゆるい打ち頃の打球となってしまい——。

「死ねオラッ！」

と、また暴言つきのスマッシュを打ち込まれ、失点した。

同点に追いつかれてしまったけど、よくやったほうだろう。無様なことにはならなかったし、このままポイントを失い続けても二点を取った。十分だ。

高宇治さんと目が合う。

声は聞こえなかったけど、拳を動かして応援してくれているのがわかる。

……諦めようと思ったけど、俺なりの戦い方で最後まで頑張ってみるか。

何かないか。ステータスに。

・日下部裕樹

・成長：停滞

・特徴特技

テニス部の次期エース

ジャンクフード好き
短気
口悪い
熟女好き

おやおやおや？　おいおいおい。とんでもないの一個見つけたぞ。

ふしー、ふしー、と興奮気味に呼吸する日下部くんが、またサーブを打つべく、集中力を上げている。

「日下部くん、高宇治さんのことでやたら突っかかってきたけど、どうして？」

「はあ？　高宇治さんみたいな女子が、先輩と別れたからっておまえみたいな地味野郎と仲良いのが気に食わねえんだよ」

それだと、矛盾してると思うんだよな。

「日下部くんは、同年代じゃなくて、年上の、ずーっと年上の熟女のほうが好きなんじゃないの？」

「………………」

トントンとバウンドさせていたボールの動きが、ピタリと止まった。

「日下部くんのストライクゾーンは、四〇代からなんじゃ——」

「べちゃくちゃしゃべってんじゃねえ！　黙れ！」

動揺が手に取るようにわかる。

「ったく、地味クソ野郎が、適当なこと言いやがって——！」

集中が乱れたのか、サーブを二回ともネットにかけ、俺のポイントとなった。

「なんで高宇治さんのことで突っかかってくるの？」

「高宇治さんがっていうより、おまえみたいな地味クソが可愛《かわい》い女子と仲良くしてニヤついてんのがムカつくんだよ！　瀬川《せがわ》に関してもな！」

めちゃくちゃ過ぎる。要は、高宇治さんがどうこうっていうより、俺が気に食わなかっただけらしい。

「……日下部、熟女好きってマジかよ」

「四〇代以上ってことはよぉ」

「オレらの母さんもストライクってことになるぞ……」

したくもない想像をしたのか、みーんな引いていた。

「君島が変なこと言うせいで誤解されちまったじゃねえか！」

「本当のことでしょ」

メンタルがぐちゃぐちゃの今がチャンスだ。

「ママ味を感じるのがいいんでしょ？」

「んなこと言ってねえだろ！」

サーブを打つと、さっきほどではないレシーブが返ってくる。これなら許容範囲だ。

【ライジングスター】が発動し、返球がコート奥に決まりポイントをまた重ねた。

「だー、クソッ！　ラケットが悪ぃんだよなぁ。こんなのでやってられっかよ」

日下部くんがラケットを叩きつけると、マッチョンに注意された。

「日下部ー。道具は大事にしろ」

チッ、と舌打ちをすると、ラケットを他の人のと換えてもらっていた。

「道具にあたるわ、道具のせいにするわ、見下げるわマジでー」

春が批難すると、異を唱える人は誰もおらず、うんうんと同意していた。

それからは、メンタルはボロボロで完全にアウェイの空気になった日下部くんは、俺からポイントを奪うことなく、七対二で試合が終わった。

「灯！　やったじゃん！」

「灯くん！　ライジングスターを教えたかいがあったよ！」

春と名取さんが褒めてくれる。

高宇治さんは目を輝かせながら拍手をしていた。あんまり見ないその表情に、思わず笑みがこぼれた。

ネットを挟んで日下部くんと軽く挨拶をする。

「あざした」

「あざした。……君島、頼むからアレ嘘《うそ》だって言ってくれ。みんなに。あれは嘘だったって」

「何が？」

「熟女の話」

「授業参観の日が一番ワクワクするって話？」

「違ぇよ！　そんな話、したことねえだろ！」

【脚色家】の効力か、事実にプラスアルファされた出まかせが滑らかに出てくる。

「マジで悪かったって。本当に。もう突っかかんねえから」

両手を合わせて拝むもんだからいよいよ不憫《ふびん》になってきた。

「わかった。じゃあ『あれは俺の適当な話だった』って、みんなには、あとでこっそりと」

「はっきり言ってくれよ。なんでこっそりなんだよ」

小ボケにしっかりとツッコんできた。

頼まれた通り、俺は日下部くんの熟女好き発言は動揺させるための作戦で出まかせだったと訂正しておく。

そのあと座って休憩していると、通りかかったクラスメイトが声をかけてきた。

「日下部に勝つってすげーじゃん」「テニス上手いんだな！」「僕もあいつ嫌いだったんだ。スカッとしたよ」

などなど、色んな声があった。

いつの間にか、春が名取さんと試合をしている。それを眺めていると、高宇治さんがやってきた。

見上げると、風に流されそうになる髪の毛を押さえている。

「ラジオオタクは、陰キャの運動音痴しかいないと思ったわ」

「いや、その通りだと思うよ」

俺は苦笑する。

ちょこん、と高宇治さんが隣で体育座りをする。気を許した猫みたいに隣でじいっとしていた。

「テニス上手なのね」

「たまたま上手《うま》くできただけだよ」

「謙虚」

クスッと高宇治さんが控えめに笑う。今日の体育、これはかなり好感度上がったんじゃないか!?

立っていると見えにくかった太ももが露《あら》わになっていて、思わず釘《くぎ》付けになりそうで、俺は引力がある太ももから意識的に目をそらした。

そんなことをしている間に授業は終わった。

片づけが終わり、テニスコートから更衣室へ歩いていると、眼鏡をかけた細身の男性の先生がこちらへやってきた。

「小久保先生、こんにちはー」と名取さんが挨拶をしている。

ああ、あれが顧問の小久保先生か。名取さんと何か話をすると、俺のほうをちらっと見た。

「君が、さっき日下部と試合してた男子？」

「はい。そうです。君島です」

「ちょうどさっきの試合を見てたんだけど、君島くん、すごいね。日下部に勝つなんて」

「いやいや……たまたまのまぐれ勝ちですから」

「そんなことはない。まぐれ勝ちが少ないスポーツだからね、テニスは」

いつの間にか横に高宇治さんがいて、不思議そうに俺と小久保先生に交互に視線を送っている。接点がない先生に声をかけられるのは珍しいことなので、その反応も納得だった。

「君島くん、部活何かやってる？」

「いえ。何も」

「テニス部、入らない？」

「えっ……」

俺が何か反応するよりも、高宇治さんが心配そうに声を漏らす。

「名取も才能あるって言っていたし、是非に、と思って」

話を聞くと、男女ともに練習を見たり直接指導するのは小久保先生らしい。

「ええっと、すみません。委員の仕事とかあるんで」

「そっか。残念。やりたくなったら、いつでもおいで。歓迎するよ」

そう言い残して小久保先生は職員室のほうへ去っていった。

「君島くん、どうしてやらないの？」

「それは……」

ちょっと迷ったけど、思いきって言うことにした。

「高宇治さんといる時間が減るでしょ。放課後の委員の仕事とか、帰りとか」

俺と帰るのを楽しみにしている、と。あんなことを好きな女子に言われたら、大してやりたくもない部活をしている場合じゃない。

「っ……、そう……」

何かの衝撃を受けたように、目を丸くする高宇治さん。長い睫毛《まつげ》がぱたぱたと上下している。

「高宇治さん、意外と寂《さみ》しがり屋さんなところあるみたいだから。あ、いや、変な意味じゃなくて――」

フォローしようと思ったら、遮られた。

「い、委員の仕事をおろそかにしないのは、とっ、とても良いことだと思うわ」

足下を見ながら、頰《ほお》をうっすらと染め、ぽつりと繰り返す。

「と、とても良いことよ」

「あ、うん」

「私は、別に、一人で帰れるのだけれど……その……」

続きを待っていると、どん、と高宇治さんは俺の胸を突き飛ばした。

「なんで!?」

予想もしなかった反応に困っていると、高宇治さんはぴゅーん、と走って逃げてしまった。

今日も足速ぇな。

てか俺なんかやらかした……？

テニスも上手くできて、高ポイントだと思ったのに。

俺が勝手に『スポーツができたほうが好感度高い』って思っていただけで、高宇治さんはもしかすると、そうじゃなかったとか……？

混乱していると、春が後ろから追いついた。

「なあ、春。あれって逆効果だった？」

「何が？」

「テニス、上手いことやったじゃん。俺」

「灯にしては、イイ感じだったと思うよ」

「春がそう言うのなら一般的には良しとされてることだよな」

べし、と肩を叩《たた》かれた。

「あたしにもイイトコ見せようとしてたってわけー？　灯にしては頑張ったじゃん」

灯にしてはね、灯にしては、と照れくさそうに笑いながら春は言う。

春はコレで常識的だし、感覚も俺が思うJKのそれだったりする。それに比べると高宇治さんはどうなんだろう。逆効果じゃなかったらいいけど。

春が更衣室に入ると、ロッカーの前で沙彩《さあや》が体操服を脱ぎかけのまま止まっていた。頭が体操服の中に入ったままで、長い髪の毛が襟もとから外に流れているのでイソギンチャクのように見える。

他の女子はそれが誰かわからないらしく、クスクス笑ったり、奇異の目を向けたりしているだけだった。

「サーヤちゃん、何してんの？」

びくん、とイソギンチャクが反応した。

「……な、なんでもないわ。しばらくこのままにしておいてちょうだい」

「美少女がすることじゃないから、それ。お笑い担当に任せておきなよ」

「び、美少女じゃないわよ……。誰が美少女よ、誰が」

「それ貶《けな》されたときの反応だから」

「面白いっていうのは、カッコいいってことよ」

「何その価値観」

春は半眼をした。決めつけ方だったり、偏った視点を持っているあたり、灯と似ているところがある。

お堅い真面目な学級委員の美少女が、こんな格好をしているのだと思うと、少し親近感が湧いた。春は少し笑って、イソギンチャクをペシペシと叩いた。

「サーヤちゃん、面白いっていうか、それ、変だから」

「…………」

もぞり、とようやく身動きをすると、春は体操服を脱ぐのを手伝った。色白なせいか、首から上が赤く染まっているのがすぐわかった。

「顔真っ赤じゃん!?　熱？　保健室いく？」

「いいの。大丈夫よ」

平静を装っているが、顔色は赤いまま。

灯が何かを心配していたことを春は思い出した。

「灯が何かした？　あたし、苦情ならいくらでも言っとくよ？」

「っ」

機関車のように煙を出しそうなほど沙彩の顔が熱を持つ。そのせいか蒸気のようなものが春には見える気がした。

「あ〜……そういうこと？」

何かあったことだけは察した。

ただそれは、灯が心配するようなことではなく、逆効果どころか抜群の効果を挙げていた。

「なるほど、大成功ってことね」

蒸気らしきものをまだシュポシュポ出している沙彩を、元のイソギンチャク状態に戻してあげた。

5　バクチ打ちのシャーペン

テロレロン、と電子音が鳴り、自動ドアが開くとお客さんが店を出ていく。

「あざっしたー」

俺がこのコンビニでバイトをはじめて、そろそろ一か月が経《た》とうとしていた。

カウンターの内側では、芙海《ふみ》さんが踏み台に乗ったままレジの整理をしている。

俺は、はぁ、とわからないようにため息をついた。

『マンダリオンの深夜論』の放送日が今夜だった。ネタメールは当日の夕方で締め切られる。数通送ってはいるが、自信はなかった。

読まれなかったときのため、次週用にも作っておきたいところだが、そう簡単には思いつかない。

おまけに、中間テストも迫っている。

俺の学力は平均点を取れるかどうかというレベル。

出来次第では赤点も全然あり得る。赤点を取った人は補習授業で数日放課後が潰れる。

「高宇治《たかうじ》さんと一緒にいる時間が減るから」とか、思いきってそんなことを言ったのに、赤点で補習です、じゃカッコがつかない。

【学年一の頭脳】がある高宇治さんの学力は、言うまでもないだろう。学級委員が赤点で補習を受けるなんてあり得ない、とでも思ってそうだ。

「俺に勉強教えてくれたらいいんだけどな……」

「中間テストのことですか？」

俺の独り言が聞こえたのか、芙海さんが尋ねてきた。

「はい。俺、点数が毎回微妙で、補習になる可能性結構あるんですよね……」

「そっ、それは困りますっ！」

芙海さんは口をへの字にして切なげな顔をする。

「後輩クンがいないなんて……」

「場合によっちゃ、シフトに入れないこともありますしね」

その場合は、誰かに連絡を取って、あらかじめ代役を自分で用意するのがこの店でのルールとなっている。

こういうのは持ちつ持たれつなので、何かあったときのために、他の先輩たちの連絡先を何人か教えてもらっていた。

「後輩クンがいないと、バイトが楽しくないです……」

芙海さんがしょぼんと肩を落としている。小学生を傷つけてしまったみたいで、胸が痛い。

そんなふうに思ってくれているなんて、後輩冥利に尽きる。

「俺とのシフト、そんな楽しみにしてくれたんですね」

「後輩クンがいないと、わたしが先輩でいられないです……」

「……」

俺がはじめての後輩だって話だから、俺がいないイコール自分が一番下になる。

傍若無人な態度は、他の先輩には取れないから、俺にいてほしいってことのようだ。

「後輩は、サンドバッグじゃないんですよ、芙海さん」

「え？」

違うんですか？　って言いたそうな顔やめろ。

こっちは勉強もしないといけないし、ネタメールも考えないといけない。体育会系の化身みたいなちびっ子パイセンの相手をしている場合じゃないんだよ。

「ちなみに、芙海さんって頭いいですか？」

「トップテンには入りますよ」

「芙海さん……」

頭良いな。

「芙海さん、相談なんですけど、ウィンウィンってことで俺に勉強教えてもらえませんか？」

芙海さんの表情がキリリ、と変わり、親指で自分を差した。

「任せてください」

満足げな様子からして、頼られるのが嬉《うれ》しかったらしい。

翌日の放課後。

早々に家に帰った俺は勉強会の準備を進めていた。自分の部屋だと狭いので場所はリビング。

芙海さんが俺に勉強を教えてくれることになったのが昨日。

そのことを春《はる》にしゃべると「えー、あたしもちっちゃい先輩とベンキョーしたいー」と仲間が一人加わり、聞いていた名取《なとり》さんも「私もちょっと怪しいから、行ってもいい？」と勉強会に参加することになった。

んじーっと、誘ってほしそうに高宇治さんがこっちを見ていた。【寂《さみ》しがり屋】だから、放っておく手はない。

「高宇治さんも、勉強俺たちと一緒にどう？」

「まあ、誘ってくれるのであれば、委員同士の仲だし無下に断るようなことはしないわ」

遠回しな言い方だけど、どうやらオッケーらしかった。

……というわけで、これから四人の女子が我が家へやってくる。

片づけが終わってしばらくすると、呼び鈴が何度も鳴らされた。

鳴らし方で春だとわかる。

物音がすると、家に上がってきたらしい。ここだろうと読んでいたのか、春がみんなをリビングに誘導してきた。

「入って入って。まあ、ちょっと狭い家だけどくつろいでいいよー」

「それ住んでるヤツが言うんだよ」

チクリと春に釘《くぎ》を刺しておく。

「学校から案外近いんですねー？」と言う私服姿の芙海さんは、いよいよ小学生だった。

「近いから選んだ学校なので。芙海さん、今日はおねしゃす」

「はーい。頑張りましょうね！」

やっぱり後輩から頼りにされるのは嬉しいらしく、ニコニコと上機嫌そう。

「どうですか、わたしの私服は」

くるり、と芙海さんは回ってみせる。

背丈もそうだけど、超絶童顔だからな、芙海さんは。

「……芙海さん、モテそうですね」

小学生男子に。

「もぉー、後輩クンはすぐそうやって口説こうとするんですからー！」

シュと繰り出された拳を、俺は腕を交差させ防御した。

「む？　やりますね」

「慣れましたから」

すぐ嚙《か》みついてくる獰猛《どうもう》なチワワが目の前にいると思えば、防御の準備くらいできる。

「灯《あかり》くん、お邪魔します」

春の後ろから名取さんが顔を出した。名取さんも私服に着替えていて、パーカーにショートパンツという装い。バッグを斜めにかけているせいで、胸元にベルトが食い込み胸の輪郭がうっすらと浮いている。

名取さんらしさのある私服だった。

どうやら芙海さんも名取さんも一旦帰ってきたらしい。

「男子の家上がるのって、小学生以来だからちょっと緊張しちゃう」

てへへ、と笑う名取さんに春が言う。

「ソファとか横になっても全然オッケーだし」

「それ住んでるヤツが言うんだよ」

我が家で一番遊んだことがあるから、言いたくなるんだろうけど。

「あれ。高宇治さんは？」

「サーヤちゃんも一旦帰ってまた来るみたい」

ってことは高宇治さんも私服なんだな。

あらかじめ用意した座布団にそれぞれが座り、ローテーブルに勉強道具を広げた。

先生から聞いたテスト範囲に合わせて、問題集を解きはじめる。

「ねえ、ちー先輩」

「なんですか、ギャルちゃん」

春が芙海さんを呼ぶと、さっそく何か教わっていた。

ちー先輩……？　ああ、ちっちゃい先輩の略か。

にしても、見た目では真っ先にサボりそうな春が、案外真面目に取り組むので、触発された俺と名取さんも問題集と向き合った。

つんつん、と膝のあたりに何かがあたる。筋肉質で締まった特徴的な足は名取さんのものだった。

「灯くん、わかる？　ここ」

同じところに取り掛かっていた俺は、苦笑して首を振った。

「全然」

「だよね。ムズいよね、これ」

名取さんは俺と学力は同じくらいっぽい。躓《つまず》いている箇所が同じだ。

「後輩クン。テニスちゃん。わからないところがあれば、先輩のわたしまでどうぞ。しょーもない質問でも怒らないので。なるべく」

なるべくかよ。はっきりと怒らないって宣言してくれよ。頼みにくいわ。

『もうすぐで着くわ』

高宇治さんからのメッセージが入った。場所は春に聞いていたらしく、迷わないで行けるだろうとのこと。

……高宇治さんがもうすぐ来る。しかも私服。緊張してきた。

落ち着きなく、シャーペンの先で問題集を叩く。

呼び鈴が鳴らされると、シュバっと立ち上がった俺は、まっすぐ玄関を目指す。

「今、開けます！」

期待と緊張に扉を開けると、思っていた通り高宇治さんがいた。

「遅くなってごめんなさい」

「ううん。全然。待ってた」

「そ、そ、そう……」

目線がふい、とそらされる。

高宇治さんは、白地に花柄があしらわれたワンピースを着ていた。お腹《なか》のあたりにベルトがあるせいか、腰の位置が普段以上に高く見える。勉強道具が入っているだろう重そうなバッグを肩にかけていた。

「荷物持つよ」

「いいの。大丈夫」

「こっちのリビングでやってるから」

「ええ」

そのとき、靴を脱ごうとした高宇治さんが、ぐらりとバランスを崩した。

「あ、危な――」

手を伸ばして支えようとした俺は、思わず彼女の二の腕を摑《つか》んでしまった。

「ごめんなさい。ありがとう」

「ううん。こけなくて良かった」

華奢《きやしや》な高宇治さんの二の腕は、ふにっとしていて柔らかい。

——その昔、偉い人は言いました。

『二の腕とその人のおっぱいは同じ柔らかさなのじゃ』と。

こ、これが……!?　高宇治さんの……!?

「君島《きみしま》くん？」

「はい!?　いや、えと……二の腕！　すごく、イイネ」

「そう……？　離してほしいのだけれど」

なんだ二の腕がイイネってキモすぎるだろ俺。

「あ、ご、ごめん、すみません、事故とはいえ触ってしまって！　あとキモくて」

「そんなに謝らなくても。こっちは助けてもらったわけだし」

俺の反応は、完全におっぱいを触ったときのそれだった。

「サーヤちゃんいらっしゃい。てか、灯んちなのに気合い入れすぎだってば。服、ガチじやん」

「そういうわけじゃ」

気合い、入れてくれたの？　制服で来てくれれば良かったこの勉強会に？

「チーセンがわかんないとこあったら教えてくれるみたい」

ちー先輩がさらに略されてチーセンになっていた。

「そう。それなら安心ね」

チーセンで誰かわかったらしい。理解力高すぎる。

高宇治さんが上がるのと入れ替わりに、春が踵《かかと》の潰れた自分のローファーに足を入れた。

「あたしも着替えてこよーっと」

「なんで？」

「あたしだけ制服ってのはヤボじゃん？」

首をかしげる俺にそれ以上の説明はなく、「んじゃね」と春は出ていってしまった。

「君島くん、昨日の放送」

「うん、ダメだったね」

ワンチャンくらいあるだろう、と期待して待っていたけど、俺のメールが読まれることはなかった。

「タイミングや運もあるから気にしないほうがいいわ」

そう高宇治さんは励ましてくれる。

「あと二回もあるし、焦らなくても大丈夫よ、きっと」

「うん」

リビングに戻ると、真面目に勉強をする名取さんのそばには芙海さんがいて、ちょうど空いていた俺の隣には、高宇治さんが座ることになった。

思っていた以上に高宇治さんと距離が近い。肘を動かせば隣とぶつかりそうなほどだった。

私服だからか。制服とはまた違った柔軟剤の華やかな香りがする。

邪魔だった髪の毛を耳にかけて、真剣な顔で教科書やノートを見返す高宇治さん。

視線を感じたのか、目が合いそうになると俺は問題集に目線を戻す。

ノートの隅に、さらさら、と高宇治さんが何かを書いた。

『呼んでくれてありがとう』

俺んちでやるのは抵抗あったんじゃ？　って思ったり、遠いから行くのやめようってなったりしないかと心配だったけど杞憂《きゆう》だったらしい。

目が合うと、俺は首を振った。

ニコリと高宇治さんが微笑《ほほえ》んだ。

好きな子が隣にいて勉強に集中できるはずもない。

すっと伸びた首筋と首元から覗《のぞ》く綺麗《きれい》な鎖骨。そこから視線を下にやると、屈《かが》んでいるせいか、服と体の間に少し隙間ができ、ちらっとブラジャーが見えてしまった。

「うぶっ……」

【高集中力】のせいか、高宇治さんは気づく様子がない。

春ならすぐ言えるんだけどな……み、見なかったことにしよう。

動揺を隠すためペン回しをしていると、シャーペンが壊れてしまった。

「げ」

「んもー、仕方ないですね、後輩クンは」

何も言ってないのに、芙海さんがペンケースからシャーペンを一本取り出した。

「これを貸してあげます」

「ありがとうございます。けど、部屋に予備があるんで――」

断ろうとして、ふとそのシャーペンを見てみると、ステータスがあった。

【バクチ打ちのシャーペン】

な、なんかすごそう……！

ステータスがある物を発見したのははじめてだ。

部屋にある別のシャーペンを取りに行こうとした俺は、座布団に戻り芙海さんのシャーペンを受け取る。

試しに、選択問題やってみるか。選択肢はA～Dの四択。シャーペンを問題集の上で彷徨《さまよ》わせると、AとDに磁力のような引力みたいなものを感じた。

この【バクチ打ちのシャーペン】は、もしかすると、ある程度選択肢を絞ってくれるシャーペンなのでは？

消去法でAを選び答え合わせをすると正解だった。

次もその次も【バクチ打ちのシャーペン】は、複数ある選択肢を二択にまで絞ってくれた。確率は半々となるが、片方が誤りだと知っていれば必然的に正解を選べる。

「な、なんちゅーアイテムだ……」

芙海さんは知らずに使ってたんだよなこれ。学年トップテンの学力は、このシャーペンの恩恵を受けたからなんじゃ。

「灯くんって、得意教科何？」

一段落した名取さんが尋ねてきた。

「俺は、現国？　得意っていうか、それが一番マシってだけだけど」

「そうなんだー。私もだよ。似たもの同士だね」

「名取さんは、頑張り屋さんでしょ。ちゃんとやればきっと大丈夫だよ」

「えーっ、わかる？　灯くんに励まされちゃった」

てへへ、と名取さんが笑うと、ボキ、と隣でシャーペンの芯が音を立てて折れた。

「どうして名取さんは君島くんのことを下の名前で呼んでいるの？」

ノートを向いたまま、高宇治さんは無表情で訊《き》いた。

抑揚のないお経みたいなセリフが妙に怖い。

「仲良いから？」

と、名取さんが小首をかしげる。カチカチ、とまた芯を出した高宇治さん。

「変よ」

「どうして？」

「だって、私もまだ君島くんとしか呼んだことがないから」

「……？　高宇治さんと感覚の足並みを揃《そろ》えなくもいいんじゃないの？」

「そ、それはそうなのだけれど……私は、君島くんとはラジオ友達で、その、とても仲が良いの」

高宇治さんの言い分としては、趣味友達として仲が良い自分が名字で呼んでいる。だから大して仲が良くないあなたが下の名前で呼ぶのは変では？　って言いたいらしい。

高宇治さんの口から直接仲が良いって言われると、普通に嬉《うれ》しい。

「じゃあ、私もそれ聴く！」

「き、聴かなくていいわよ！　か、勝手に土足で入ってこないでちょうだい」

「土足ってひどいなー。勝手でもないでしょー？」

陰キャのクローズドサークルに、陽キャが悪意ゼロで割り込もうとする図だった。

「嵐の予感です。表でヤりますか？」

ヤりません。ちびっ子パイセンはそのまま座っててください。

そんなとき、ガチャっとリビングの扉が開いた。

「見て見てー」

私服姿の春が、くるりと上機嫌に回ってみせる。白い肩が出たオフショルダーのニット素材のワンピースを着ていて、そのスカート丈は死ぬほど短く、足にはニーソックスを穿《は》いていた。

エロい格好してんな、このギャルは。

「これ先週買ったヤツなんだけど、マジで良き。アガるー。別のやつも持ってきてるんだけど…………」

部屋の空気が変なことに春が気づいた。

「どした ん？　何かあった？」

「……とりあえず、その別のやつを見せてくれ」

なんでファッションショーしようとしてんだって思ったけど、今はそののん気さがありがたい。

こそこそっと春が言った。

「いやいや。そんな感じじゃないじゃん。変じゃん。サーヤちゃんとヒーロちゃん、反応が『無』だし」

俺は時計に目をやった。

「帰り遅くなるとあれだから、そろそろおしまいにしようか」

早い家じゃ、夕飯を食べるような時間になっていた。

「あたし、あんま勉強してないんだけどー？」

「ファッションショーするつもりだったやつが言っても、説得力ねえよ」

唇を尖《とが》らせる春をなだめて、帰る準備を終えた芙海さんと名取さんと一緒に春も家を出ていった。

高宇治さんは帰る準備したかなー？　と思ってリビングを覗くと、膝を抱えてヘコんでいた。

「古参リスナーの良くないところが出てしまったわ……」

それに関しては否定しない。

「……うん。ドンマイ」

古参が新参にマウント取りがちなのは、何でもそうだろう。

こっそりと楽しんでいたものだからこそ、俺と高宇治さんは仲良くなれたって思っている。それを別の誰かが割り込んでくるっていうのは、抵抗があったんだろう。

いつの間にか結構暗くなっていたので、俺は高宇治さんを駅まで送ることにした。

「構成作家をやっている兄さんが言うには……」

道中、ああだこうだと制作側の話を高宇治さんは聞かせてくれた。

「君島くんの送ったメール、読まれるといいのだけれど」

「それは、やっぱり俺と……」

仲良くしていたいってことなのでは、と確認しようとすると、高宇治さんのスマホが鳴った。

「……兄さんよ。──もしもし。ええ、今から帰るところ」

「勉強してたって言っておいてね」

　こそっと言ったのに、それが聞こえてしまったらしく、高宇治さんがスマホから顔を離した。

『オイ！　なんでおまえが一緒なんだよ！　許可してねえぞ！』

「たまたま一緒に勉強することになったんですよ。他に何人もいて」

　今はいないけどな。

『……それなら、まあ、許す』

　めんどくせえ兄ちゃんだな。

『門限迫ってんだから沙彩《さあや》をちゃんと帰せよゴラァ！』

「うーす」

　門限なんてあったんだ。

「あってないようなものよ。兄さんが家にいるときは守っているけれど、仕事でいないときは――」

『沙彩聞こえてんぞ！』

　見えないからか、高宇治さんはいたずらっ子みたいに肩をすくめている。

『昨日が読まれなかったから、あと二回だな』

「そうですね」

『ネタコーナーはいくつかあるけど、どれでもいいぞ』

条件を緩和してくれたことに関してはありがたいけど、裏を返せば、読まれっこないって考えが透けて見えた。

『読まれるといいな？』

皮肉交じりの口調に、俺がムっとすると、高宇治さんは通話終了のボタンを押して会話を強制的に終わらせた。

「ごめんなさい。兄がバカで。あの人にとって、面白いっていうのは絶対的な価値観だから、ムキになってしまうみたい」

才能があった元芸人ならではってことらしい。

「あと二回あるわ。気を楽にしていたほうが浮かぶこともあるから」

そんな話を聞きながら、夜道を駅まで歩く。こうしていると、カップルに見えたりするんだろうか。

だったらいいなーとのん気なことを考えていると、ちょん、と手と手がぶつかった。

「っ」

「あ、ごめん」

俺と同じくらい高宇治さんも動揺しているようだった。

　びく、と一瞬首をすくめた高宇治さんは、引っ込めた手を胸の前で握っている。

「こちらこそ……ごめんなさい」

　すん、とした顔で真っ直《ます》ぐ前を見ている高宇治さん。その横顔が少し赤いのが薄暗くてもわかった。

「……服、変じゃなかった？」

「え？　似合ってるよ」

「そう」

　ふうん、ととくに気にしてなさそうな様子だけど、うっすらと口元がゆるんでいる。

　ゆっくりと歩く高宇治さんに合わせていると、普段以上に時間がかかって駅に到着した。

「読まれるのを楽しみにしているから」

「どうかな……自信ないから」

「大したことがなくても、前後の繋《つな》がりで面白くなったりパーソナリティが上手《うま》く料理することだってあるから」

「『宇治茶』さんが、そう言ってくれるなら、ちょっと自信つくよ」

「大丈夫よ、きっと」

　手を振り合って、俺は駅舎を出ていく。ちらりと後ろを見ると、まだこっちを見ていた高宇治さんにまた手を振った。

歩いては振り返り、歩いては振り返り、それを繰り返しても高宇治さんはずっと俺を見送ってくれる。

どっちが送ったのかわからないくらいだった。

「もういいって！　電車何本スルーしてるんだよ！」

俺が言うと、思わずといった表情で破顔して、上品に口元を隠して笑う。

高宇治さんが笑ってくれると、なんでこんなに嬉しいんだろう。

こんなことをしているせいで、家に帰る時間はどんどん遅くなっている。

……直道《なおみち》さんに怒られなけりゃいいけど。

6　修学旅行とプール

「ううん……」

　バイト中。

　ネタメールを考えていると思わず唸《うな》ってしまった。

「どうしたんですか、後輩クン。勉強のことで何か悩みでも？」

「それは大丈夫なんですよ」

　借りたままになっている【バクチ打ちのシャーペン】は、しばらく借りていていいと芙《ふ》海《み》さんは言った。

　そのおかげで、テストは手応え十分。

　平均点以上は確実だろうという予想で、高宇治《たかうじ》さんと答え合わせをしてみたところ、赤点と補習授業は回避できそうだった。

「テストのことかと思ったんですが、後輩クンは悩み多き男ですね～」

　ほんわかした口調で芙海さんは微笑《ほほえ》む。

「テストは、芙海さんのおかげで……いや、勉強会のおかげで良かったんです」

「後輩クンはやるときはやる男ですからね」

癒《いや》し系気取りでニコニコと微笑んでいるけど、いつ拳が飛んでくるかわからないので気が抜けない。

何が地雷になるのかわからないので、芙海さんとの会話は距離を取るのが正解だった。

「テストみたいに点数がわかるようなもんじゃないから困ってるんですよ」

あの約束から数えて二回目の放送が昨日あった。

一回目に比べて、数多く送ってみたものの、手応えはなかった。

送ったコーナーがはじまると、ドキドキしながら『さわやかポンチ』のラジオネームが聞こえてくるのを待ったけど、二回目の放送もその名が呼ばれることはなかった。

簡単に読まれるもんじゃないってのはわかっていた。でも苦心して考えたネタが箸にも棒にもかからないと、ちょっとショックだったりする。

届いてないんじゃないか？　迷惑メールに振り分けられてるんじゃ？　送る時間がギリギリすぎるのが悪いのか？　そもそもつまらない？　俺やっぱセンスない？　などなど。

考えても考えても、答えはでない。

スマホのメモ帳に記入したネタは、全部送っていたので、また一から考えないといけない。というわけで、今は空白に戻ってしまっている。

「何に悩んでいるかわかりませんが、思い悩むより、一日何も考えないほうがストレス発散になっていいかもですよ?」

「ストレス……」

ないわけでもない。

あんなに楽しみだった放送日は、今じゃちょっとした審判を待つ状態。

高宇治さんは協力的だけど、正解があるものでもないし、ざっくりとした感覚的なことしか教われない。

「芙海さん、面白いって、なんなんですかね……」

「後輩クンが遠い目を!? これは重症です……!」

目を剝《む》いて驚く芙海さんは、むむむ、と何かを考えて、結論が出たのか、うん、とうなずいた。

「明日、お休みですよね。何かご予定は?」

「いや、これといって、何も」

「出かけましょう」

「うん? 誰が、誰と?」

「後輩クンが、わたしとです」

「あの、拒否権とかあったり……」

「え？」

純粋そうなまん丸の目をした芙海さんは、不思議そうに眉を持ち上げた。

「ないっすよね。拒否権なんか」

この『先輩の言うことは正義であり絶対』っていう思想はどうにかならないのか。

「もしや後輩クンは、これをデートだと思ってしまったりして！」

「いや、大丈夫ですよ」

じり、と距離が縮まってくる。俺の警戒心は距離に反比例してどんどん強まっていく。

「勘違いしないでくださいねっ」

「してないですよ」

じりじり、と近づいてくるので、俺は目をなるべく離さないようにゆっくり後ずさっていく。そう。野生の熊を見つけたときのように。

冷静に、落ち着いて、距離を取って……。

「こ、後輩クンといえども男子ですから、わたしのことを意識してしまうのは無理もありませんが――」

下がりまくる俺の腰のあたりに固い感触があった。カウンターの隅までいつの間にか来てしまったらしい。

やばい。

「マジで本当に意識してないですから」

って言っても、獰猛《どうもう》な態以上に怖い芙海さんは、俺の話なんて全然聞いてない。

「芙海さん芙海さん、今バイト中なので——お客さんが来るかも——」

芙海さんは自分用の踏み台を摑《つか》み上げた。

「え、えっちなことは期待しないでくださぁ————いっ」

そのままぶんと俺に向かって投げてくる。

「期待するような色気がどこに——ぎゃぁああ⁉」

想像の何倍も速く飛んできた踏み台は、がん、と俺の顔面に直撃した。

翌日の土曜日。

電車で三駅ほど離れた繁華街の最寄り駅で、芙海さんと待ち合わせをしていた。

「チーセン、遅いね」

昨日の夜、春《はる》に今日の予定を訊かれて答えると、行きたいと言い出したので連れてきたのだ。もちろん芙海さんにも了承をもらっている。

「遅いって言っても、時間ちょうどになったばっかだろ」

待ち合わせ時間より一五分ほど早く着いたので、待っている気分になるのはわかる。

「後輩クーン、ギャルちゃーん、お待たせしましたー」

改札を出た芙海さんが小走りでやってくる。

ちょこちょこしている小さな女の子という雰囲気で非常に愛らしい。普段の行いを知っている俺は、それが残念でならない。

「チーセン、遅いってば」

「ちょうどですよー」

「あたし、水着見たいんだけどいい？」

「いいですよー。ああ、そういえば二年生はその時期でしたね」

その時期？

先日中間テストが終わったばかりで夏までまだ少しある。シーズンにはまだ早い。

歩きだした女子二人のあとをついていく。迷いのない足取りで、商業ビル施設にやってきた。

テナントの大半がレディースショップで、服や雑貨などが売られている。

「今年も、ブラなんとかホテルに泊まるんですか？」

「ホテルブランティア、だっけ？」

と、春が水を向けてくるので、ようやく俺は二人が来週後半から行く修学旅行の話をしていることに気づいた。

「あー。泊まるところ？　たしかそんな名前だった」

しおりも渡されていて、そんなシャレた横文字のロゴが宿泊先の欄にあった。

「調べたらさ、プールあんじゃん！　ってなったわけ」

それで今日ついて来たがったのか。

「去年は、時間は限られていましたけど、みんな遊んでましたね～」

担任の先生は、プールについてとくに言及はしなかった。

ということは、館内施設のひとつってことで入ってもいいんだろう。

エスカレーターに乗っていると、春が思い出したように言った。

「灯《あかり》の服もあとで見に行こ」

「覚えてくれてたんだ？」

「ったりまえじゃん。ま、ファストファッションで全然間に合うとは思うけどね」

俺のことを確認するように春は上から下に視線を動かした。

高宇治さんとデートするときの服がないので、以前春に相談をしたのだ。

そのとき遠回しにダサいとディスられたが、今日何も言わないってことは、平均点は取れていたらしい。

「え。てか水着って学校のやつじゃないの？」

「なわけないじゃん。可愛《かわい》いの着たいに決まってるっしょ」

「なわけないんですよ。ギャルちゃんはエッチなのを着て後輩クンの目線を独り占めしたいんですよ」

「ち、違うしっ！　全部違うし。チーセン適当なこと言い過ぎ」

もう、と春が背を向けた。

お目当てのショップの階で降りると、慣れた様子の春は、女子で賑《にぎ》わうフロアをすり抜けるように歩いていく。

「こっ、後輩クーン⁉」

声が聞こえて振り返ると、芙海さんが女子の波にさらわれそうになっていた。

「芙海さん⁉　ああ、ああ、何やってるんですか」

レスキューするべく、そばに駆け寄って人混みから引っ張り出した。

「大丈夫ですか？」

「はい。なんとか。男性相手なら、道を切り開くんですが」

武力で解決しようとするのやめてほしい。

「わたしに続くように、と」

誰も続かねえよ。芙海さん、世が世ならすごい武将になってそうだな。

「何してんのー?」

おーい、と春が目当ての店の前で手を振っている。

そこの店の入口では、マネキンがビキニやらパレオやらを身に着けて、夏を先取りしていた。

入りにくいなぁ……。

俺だけかもだけど、女性用下着の店の前を通るだけでもちょっと抵抗がある。水着とはいえ、似たような布面積ってことを考慮すれば、目のやり場に困らないわけがない。

「俺ここで待ってるわ」

ちょうど休憩用のベンチがあったので指を差す。

「なんでー?」

「男が入る場所じゃないだろ」

「誰も気にしないって。そうやって意識しているほうがムッツリ感半端ないよ」

「意識しなければいいんですよ」

無理だろ。

「さあさあ、行きますよ」

芙海さんが袖を引っ張るので、抵抗できるわけもない俺は店内に連れ込まれた。

三人ほどいる店員さんもギャル系ファッション。春がショップ店員に進化したら、こんな感じになるんだろうな。

俺を除くとお客さんは高校生〜大学生くらいの女性ばかりで、居心地が大変よろしくない。

春が鏡の前で気になった水着を合わせている。キープしているものは片手にいくつか持っていた。

「芙海さんは、去年買ったんですか？」

「ちょっと脱いだらみんな見ましたよ」

そりゃ、色んな意味で注目されるだろうな。

「男子なんてみんな子供です」

やれやれ、とオトナの女ぶってる芙海さんだけど、子供ってのはこっちのセリフでもある。

「芙海さんは、スクール水着が一番いいんじゃないですか」

体型的に。

軽い冗談を言うと、癒《いや》し系小学生みたいな芙海さんの顔が般若《はんにゃ》みたいになった。

「はぁ？」

「すみません。何でもないです」

怖ぇぇぇぇ……。この人、後輩にイジられるのは死ぬほど嫌いなタイプだ。

「灯は、水着はどんなのがいいの？」

商品のサングラスを頭の上に乗せた春が訊《き》いてきた。春がそうしていると不思議と似合う。

「どんなのって……」

ファッションセンスを試されている気分だった。

見てもわからないので、適当にひとつを選んで春に突き出した。

「あ、灯って、こっ、こういうのがいいんだ……」

春がまじまじと観察している。

俺がほぼランダムで選んだ水着は、他の物よりも布面積が少ない黒ビキニで、トップスの部分は、春が着れば横も下もおっぱいがはみ出そうなものだった。

「い、意外っていうか……さすがのあたしも勇気要るっていうか……」

威勢をなくした春が、もにょもにょと口ごもる。

ノリノリでグラサン頭に乗せてるやつが、そんな反応するって、相当スケベな水着選んだみたいじゃねえか。実際そうかもしれんけど。

「いやいや、今のは適当に！　好みとかじゃなく、本当に適当に選んだだけで！」

「後輩クンも、好きですねぇ……」

あ。ダメだ。フォローすればするほど、ガチで選んだ感が出る。

「ちゃんと考える、ちゃんと選ぶから、俺にもう一回チャンスをくれ！」

「いやそこまでガチだと引くから」

なんでだよ。

金髪をいじいじと弄びながら、春が恥ずかしそうに言う。

「ま、まあ？　灯のファーストタッチはあたしなわけだし？　エロいやつを期待するのも、わかるっていうか……」

わかるな。

ファーストタッチってなんだよ。

そんなとき、春が何かに気づいた。

「あれ？　サーヤちゃんじゃない？」

指差した先には、たしかに私服姿の高宇治さんがいた。

俺んちで勉強会をしたときの、気合いが入っていると春が評したあの私服ではなく、今日は少しラフな格好だった。

「サーヤちゃーん！　おーい！」

「こら、バカ、呼ぶな！　今俺がどんな状況だと思ってんだ！」

さっと俺は身を屈《かが》めて春に苦情を入れる。

こんな男子禁制の場所にいるところを見かけたら、変な勘違いをされかねない。

「いいじゃん、別に。灯だってそっちのほうが嬉《うれ》しいでしょ。時間的にこのあとランチ行くんだし」

そ、それもそうか。

ここぞ、と俺は店を脱出。これで見つかっても問題ない。

そのときには高宇治さんの姿はもうなく、人混みに紛れて見失ってしまった。

春の声が聞こえなかったんだろう。

スマホが振動していることに気づき、画面を見ると見知らぬ番号からだった。

もしや高宇治さんでは。アプリで通話していたから電話番号にかかってくるのははじめてだ。

「も、もしもし」

『高宇治だけど』

「……ああ……そっちの高宇治か」

半音上がった俺の声のトーンは一気に下がった。

相手は直道《なおみち》さんだった。番号は高宇治さんに訊いたんだろう。

「なんですか」

『マンシンの放送、あとから聴いたぜ。読まれなかったな。「さわポン」』

「……そうですよ。あと、『さわやかポンチ』を略さないでください」

『次でラストだからな』

「わかってますって」

『沙彩《さあや》はな、俺からラジオリスナーとして英才教育を受けてんだ』

「兄なら他にやることもっとあっただろ」

『……』

「それが、なんですか?」

『だからよ、ロクにメールを読まれねえようなやつのことは、なんとも思わねえってことだよ』

「そうとは……」

限らないだろう、とは断言できなかった。高宇治さんを語る上で、ラジオとその姿勢について避けては通れない。

『まあ、頑張れよ？』

笑いを含んだ声でそう言うと、直道さんは電話を切った。

◆高宇治沙彩

「もういないわよね……？」

沙彩がきょろきょろ、と周囲を見回しても、見知ったクラスメイトの顔は見えない。

ほっと安堵《あんど》の息をついて、春と灯がいたショップからどんどん離れていった。

「どうしてあんなところに」

誰かと会う予定ではなかったので、比較的ラフな格好で来てしまった。灯がいるとわかっていれば、もう少しまともな服を着たのに。

今日ここに来ることは、今朝決まった。

沙彩も春と同じく、来週にある修学旅行で着る水着を選ぶために、財布と一緒にここまでやってきたのだが、灯と遭遇するとは夢にも思わなかった。

誰にも言わなかったのは、修学旅行だからって水着を新調して、ハメを外そうとしていると思われたくなかったからだ。

実際そうだとしても、『高宇治沙彩』としては、そういう手合いを一笑に付すような人物であるべきだった。

だが、春に見つかってしまった以上、ここは大人しく帰るべきだろう。

プランB。修学旅行は、学校指定の水着にする。

そちらのほうが浮ついている感じも出ないし、何よりみんながイメージする『高宇治沙彩』らしい。

「兄さん、何しているの？」

ベンチで休憩をしていた財布……もとい兄は、スマホを見ておかしそうに笑っている。

「いや、あいついいツッコミするなぁ、と思って。敬語じゃないところもだし、シンプルで早かったな。名手の槍《やり》みたいな鋭さだったわ」

「槍……？　何を言っているの」

「んで？　ほしいもん決まったのか」

「いいの。やめることにする」

「遠慮しなくていいんだぞ？　てか何買うんだよ。パンツとブラか」

「気持ち悪いわね、兄にそんなことを尋ねられるなんて」

「そんなこと言うなよ」

「お金だけ出してくれればよかったのに。妹の買い物にわざわざついてくるなんて、気持ち悪いわよ？」

「反抗期かよ……」

これで、兄は結構忙しい。仕事であるラジオの収録は週に二度、生放送が一度あり、その打ち合わせなども合わせると、昼も夜もなく働いている。

「今から先輩に昼飯呼ばれたんだけど、沙彩も来るか？」

こうして、芸人時代のお世話になった先輩たちから食事に誘われることも多々あった。

「遠慮しておくわ。私がいたらできない話もあるでしょうし」

「そういうんじゃねえけどな」

直道は財布から一万円を抜いて渡した。

「何買うか知らんけど、ほれ」

「本当にいいのか？　じゃあ、俺遅くなるから夜は一人で食ってくれ」

「もういいの」

直道はお札を財布に戻し去っていく。

遠くでは、灯と春、芙海の三人がフロアを歩いているのが見えた。

「君島《きみしま》くんと瀬川《せがわ》さん、仲良いわね……」

灯が水着を選んだのだろうか、と思うと、胸がチクリと痛む。

では、自分から選んでほしい、と灯に言う勇気があるのかといえば、そうではないし、陽色《ひいろ》が灯くんと下の名前で呼んでいるのも、まだ納得がいっていない。親しいとは思っているが、そう呼んでいいのか。

灯の前では、素の言葉や態度、表情が徐々に出せるようになっても、まだ『高宇治沙彩』の殻は破れないでいた。

◆君島灯

修学旅行初日。

いつもの時間より少し早めに登校させられた俺たち二年生は、グラウンドに集められていた。

出席を取って出席番号順に並ばせ、揃《そろ》ったらバスに乗せるというミッションを担任から受けた俺と高宇治さん。

出席簿を持って、高宇治さんがおろおろしている。

「あの、順番に……並んで……」

と声をかけていくけど、これから修学旅行に行くというボーイ＆ガールのテンションが低いわけもなく、並ぶこともせず周囲の友達としゃべり続けていた。

【大人数苦手】のステータスを持っている高宇治さん。

真面目な性格だから、先生からの指示をどうにかこなそうとしているけど、あまり上手《うま》くいっていなかった。

朝一で眠いけど、そんなこと言っている場合じゃない。

「高宇治さんは、出席確認のほうをお願いしていい？」

「ええ」

おほん、と俺は準備運動とばかりに咳払《せきばら》いをする。

「出席番号順に並んでください！　一生バス乗れませんよー。出席番号順に――あ、来た人は高宇治さんが出席取ってるので、高宇治さんまで――」

　声をかけながら俺は列を後ろのほうへと移動していく。

「灯くん、超やる気だね」

　キャリーケースの脇に座っていた名取《なとり》さんが、仲間を見つけたような目をしていた。

「やる気っていうか、学級委員だから」

「灯もなんだかんだで楽しみだったんじゃん」

　そばにいた春がししし と笑っている。

「出席番号順に並べってさっきから言ってんだろ、この不良」

「はぁ？　ギャルと不良って違うんだけど」

　線引きがさっぱりわからないけど、俺に注意された春は、渋々といった様子で荷物を手にする。大きめのキャリーケースにでっかいボストンバッグを持っていた。

「あたし移動するから、灯、これ持って」

「俺はベルボーイじゃないんだよ」

「学級委員ってクラスメイトの世話係でしょー？」

「違うわ。だとしても、おまえの身の回りの世話は含まれてねえんだよ」

　ボストンバッグを押しつけられてしまった俺は、仕方なく運んであげる。

「ありがとね」

「こんな大荷物、一体何持っていく気なんだよ」

キャリーケースに行儀悪く座る春に、ボストンバッグを返す。

「いっぱいあるよ？　水着とか」

「……」

「え。なんか想像した？　灯のエロー」

うぃー、とつま先で俺の足をちょんちょん、と触ってくる。

「してねえよ。ハレンチ不良ギャル」

「線引きわかんないからってまとめないでよ」

「ただでさえデカいんだから、自重しないとポロリすんぞ」

「灯って春ちんのおっぱい見すぎじゃね？」

「……」

「即否定できない灯は、おっぱい星人」

「うるせえ」

けらけら、と春が笑う。

春も例外ではなく、テンションが高いらしい。

芙海さんと春とでショッピングに出かけたとき、水着を買ったらしいけどどんな物を買ったのか、俺は確認していない。

【ピュア】がステータスにある春だから、際どいものだったり、冒険するような水着ではないことだけは想像がつく。

ハイテンション高校生をまとめるのに一苦労した俺は、ようやく全員が揃ったことを確認し、先生にそれを報告。ようやくバスに乗車することになった。

「君島くん、お疲れ様」

「ううん。高宇治さんこそ」

「私はただ出席したことを言いに来た人のチェックをしていただけだから。助かったわ。ありがとう」

「役割分担ってことで。高宇治さん、大人数相手は苦手だろうし」

「……よくわかるのね？」

「あ。いや、なんとなくね。なんとなく」

ステータスにあるから、なんて言えるはずもなく、はは、と俺は笑って誤魔化《ごまか》す。

「さっき、瀬川さんと楽しそうだったわね、君島くん」

「そうか？　あんなもんだと思うけど」

テンション高めということを加味しても、普段通りの範囲内だろう。

何か高宇治さんは、確信めいた顔で一度うなずく。

「仲良い二人が楽しそうにしゃべる――それはもうラジオよ」

「あ、違いますよ？」

高宇治さんも変なスイッチ入ってんな？

核心を突いてやった、みたいなドヤ顔してるけど、意見が偏りすぎだろう。

「私、仲が良いからこそ二人の世界観があると思うの」

「珍しい見方してる⁉」

「私が中に入ってしまうと、あのリズムでしゃべったりすることはないでしょうし……」

「え、何目線？」

「その輪に第三者が入ったら違うものになってしまうのは、ラジオパーソナリティに対する想像と一緒だから、君島くんと瀬川さんのしゃべりは、やっぱりラジオだと思うの」

「違うけど？」

これ以上暴走しないように、はっきりと否定しておいた。

「けれど、そんな二人の輪に入れないのは、疎外感を覚えることもあるのよ？」

整った眉と目尻が下がり、切なそうな表情を浮かべる高宇治さん。

物憂げな流し目をするそれは、映画のワンシーンみたいだった。

その憂鬱そうな目つきが、咎《とが》めるようなものへ変わった。

「君島くん、おっぱい星人らしいじゃない」

一番聞かれたくないくだり聞かれとる⁉

まさか、やきもちをお焼き遊ばされているんじゃ……。

「私だって……胸のことを褒められたりするんだから……」

「え？」

訊《き》き返すと、高宇治さんは荷物をバスのトランクに預けてそそくさと乗り込んだ。

「それ、乗せるの？」

トランクの荷物を整理している運転手さんに訊かれ、「ああ、はい」とぼんやりと返事をした俺は、バッグを預けた。

「さっきのは……」

自分もそれなりにあるのだと、そういうアピールなのでは。高宇治さんの胸がないと思ったことはない。スタイルいいし。

そのとき、体がふわりと淡く光り、ステータスの更新があった。

・君島灯
・成長：急成長
・特徴特技
強心臓
ラジオオタク
ポーカーフェイス
褒め上手
ライジングスター
脚色家
リーダーシップ

新しく【リーダーシップ】を覚えたらしい。
さっきの学級委員のミッションをこなしたおかげだろう。
これで、リーダー的なムーブを見せやすくなった。

……あれ？【モブ】がなくなった。

推測だけど、【リーダーシップ】と相反するからかな。

考えてみれば、リーダーがモブなわけないもんな。

俺のすぐ後ろには名取さんがいた。

「灯くんの隣って席空いてるー？」

「うん。たぶん」

「私はないからなぁー」

困ったようにてへへと笑う。

「何が？　忘れ物？」

「言わせる、それー？」

「何の話？」

マジで全然わからん。

俺のそれが伝わったのか、名取さんが「胸だよ、胸」とこそっと耳打ちした。

「そ、そう……？」

意識してなかったけど、改めて確認してみると、そうかもしれん。

「もうほんとコンプレックスなんだからー」と名取さんは明るく笑い飛ばす。

バスに乗り込んで空席を確認すると、後ろのほうは派手な男女が陣取り、すでにお菓子を開けてパーティ状態だった。

どこに座っても自由だけど、手前の座席になっていくにつれて、クラスメイトの大人しさが増していくようだった。

高宇治さんと春はすでに乗っていて、窓側の席に前後で座っている。隣は空いているらしかった。

「「……」」

ちらちら、と二人がこっちを見ている。

高宇治さんの隣が空いている……。

空気が読めないバカのフリして座ってみようかな。

「ここ他の子の席よ」って言われるかもしれないけど、念のため……。

「灯くん、あそこ空いてる」

袖を引っ張る名取さんがグイグイ、と通路を進む。

「名取さん――？」

隣が空いているかどうかってそういうことか。

嬉《うれ》しいけど、今は――。

高宇治さんと春の席を通り過ぎようとしたとき、反対側の袖が摑まれた。

「君島くん、どこへ行くの」

キリリとした表沙彩の顔で高宇治さんが言うと、代わりに名取さんが答えた。

「あっちが空いてるから、そこにしようかなって。ね？」

俺が何か反応する前に、高宇治さんが声を大にして言う。

「学級委員は、席は隣同士って相場が決まってるのよ」

決まってんの？

じゃー、仕方ないか。うん。

「えー？　そうなのー？　本当に？」

「みたいだよ、名取さん」

都合がいいので乗っかっておく。

俺のペラペラな便乗を聞きもしない名取さんは、疑わしそうに高宇治さんを凝視している。

「君島くんを離してあげて。早く座らないと、後ろがつっかえるから」

俺が困ったように春に目をやると、やれやれと言わんばかりに首を振った。

「ヒーロちゃん、あたしの隣空いてるよ？　ここ来なよ」

ぺしぺし、と空席を叩《たた》く春。

なんて頼りになる幼馴染《おさななじみ》なのか。

「じゃあ、お邪魔しようかな」

ぱっと手を離した名取さんが春の隣に座った。

「学級委員だし、隣、失礼します……」

「ぞ……」

ぞ？

俺が首をひねっていると、それは高宇治さんが発した音らしく、よくわからなかったが春同様に空席を叩いている。

歓迎してくれているようだった。

あ、どうぞって言ったのか。

「隣のクラスも、学級委員はバスの座席は隣同士みたいだし、ふ、普通よ」

ああ、だから相場って言ったのか。けど……。

「たしか、その二人って付き合ってるから、そりゃ隣同士にも――」

高宇治さんがシャッとカーテンを引くと、その向こうに隠れてしまった。

「高宇治さん？」

「……そういうことだったとは、私、思わなくて」

そういうこと？

「サーヤちゃんは、勘違いで大自爆カマしたのがハズイんでしょ？」

「違うわよ」

「カーテンから出てきて言いなよ」

スティック状のお菓子、サクサッキーをポリポリと食べる春。

どうやら、名取さんがあげたらしく、箱を持っていた。

「灯くんも食べる？」

「ありがとう」

手でもらおうとすると、名取さんは口元にサクサッキーを運んでくる。

「どうぞ」

「名取さんこれは」

「あーん。わかんないわけないでしょー」

くるくると楽しげに名取さんは肩を揺らす。カーテンの隙間から高宇治さんがじいっとこっちを見ていた。

怖ぇぇ……。

「ヒーロちゃん、いい加減にしないと、そろそろあたしも怒るよ?」

「じゃ、春ちゃんのほうに、あーん」

「あーん。おいしっ」

「良かったぁ」

手懐《てなず》けられとる!

シャッと高宇治さんがついに出てきた。

「名取さん、お菓子はダメよ。持ち物に書いてなかったわ」

「禁止とも書いてなかったよ?」

「修学旅行は学校行事。授業の一環だと考えれば、余計な物は持ち込まないのが当たり前で——」

「沙彩ちゃんも、あーんしてあげる」

「……」

差し出されたサクサッキーを見つめた高宇治さんは、野生の野良猫みたいに警戒をして、はむっと食べた。

残りを自分の手で持ち、サクサク、と食べている。

窓の外に目をやっているけど、ちょっと嬉しそうな、まんざらでもない顔がガラスに映っている。

　このお菓子、キビダンゴかなんかですか？

「おいしい？」

「ええ。お菓子の味だわ」

　そりゃそうだろ。

「沙彩ちゃんも普段お菓子食べるー？」

「少しくらいは」

　嗜《たしな》む程度には、みたいな澄まし顔しているけど、ジャンクフード好きな高宇治さんがスナック菓子を食べてないはずないんだよな。

　そういえば、名取さんが高宇治さんを下の名前で呼んでいる。するりと自然に。

　春と同じ【抜群の社交性】を持っている名取さん。

　懐に入るのが上手いのかもしれない。

　……沙彩ちゃん、か。

　俺もいつか下の名前で呼べる日がくるんだろうか。

バスに荷物を置いたまま、目的地のひとつである歴史美術館に入った。

この地域にいた歴史上の人物や近代の偉人の紹介だったり、古い史料が展示されていて、正直あんまり興味がない人からすると、まったくつまらない場所ではある。

「サーヤちゃん、説明文熟読してるし」

「……」

【高集中力】があるせいか、高宇治さんは茶化《ちゃか》してくる春を完全に無視している。

対照的に、春はちらっと見ては次に行くことを繰り返していて、ひとつひとつ見ている俺と高宇治さん、名取さんに、向こうに何があるか教えてくれた。

「あっち、カッチューあるよ、カッチュー」

「前で行動してるクラスの邪魔になるから大人しくしてなさい」

「だって鬼つまんないじゃん」

「言うなよ。思っててもみんなそれ言わないようにしてんだよ」

「どっちも良くないけど、『みんな』って括《くく》っている灯くんのほうが悪いような？」

と、名取さんが小首をかしげている。

高宇治さんが興味津々そうなので、大して興味のない俺は学級委員としてクラスをまとめることに注力をした。

「灯って先生なん？」

「違うわい」

　この幼馴染だけ騒がしいけど、あとはみんな俺が注意したことを守ってくれる。

　ていっても、担任が言ったことをもう一度繰り返しているだけで、みんな案外従ってくれる。

【強心臓】がある俺には、以前より度胸があって、クラスメイトに何か言うのに抵抗がない。

【リーダーシップ】のステータスもあるからか、みんなが素直に聞き入れてくれるようだった。

　約二時間ほどで美術館をあとにすると、宿泊先であるホテルにチェックイン。

　勝手にビジネスホテルみたいなところだと想像していたけど、一〇段階でランク付けするなら七くらいだろうか。

　ロビーは明るくて広く、絨毯《じゅうたん》もふわっとしている。

　ホテルのフロントマンも落ち着いた雰囲気でキリっとしているように見えた。

「綺麗《きれい》で大きいわね」

　見回して高宇治さんがぽつり。

「結婚式とかできる会場もあったりするみたいだよー？」

聞こえていた名取さんがスマホを見て補足した。

「そりゃそうっしょー。プールあんだよ？　チーセンも言ってたじゃん。結構いいホテルだって」

わかってました、と得意そうな口ぶりの春だけど、そわそわとあちこちに目をやっていた。

バスの車内で連絡があった通り、夕食まで一時間ほど自由な時間がある。プールに行く生徒は多いらしく、車内はその話題でもちきりだった。

「春ちゃんもプール行く？」

「もち。そのために買ったもんね」

「えー、そうなんだ。私も買えばよかった」

「ヒーロちゃん、もしかしてガッコのやつ？」

聞こえていた高宇治さんがビクりと反応すると、名取さんがうなずく。

「うん。ま、いっか。私ちっちゃいし、注目度も低いだろうから」

「ガッコのやつでも、それはそれでイイって、ＳＮＳにあったよ」

そうなんだー、と名取さんが気を良くしている。ほぅ、と高宇治さんもなぜか胸を撫《な》でおろしていた。

てか、春は偏った情報収集してるな？

「高宇治さんは、プール行く？」

「……どうしようかしら」

水着を持ってきてはいるけど、高宇治さんが行かないなら、行かなくてもいいかなって
くらいの温度感である。

「灯くん、行こー？　ホテルでプールだよ？　学校のとは違うんだよ⁉」

名取さんが力説すると、春がしししと笑った。

「灯はエロいから、水着見て鼻血出すかもね」

「出さねえよ。漫画かよ」

プールに興味がないわけじゃない。せっかくだし、行ってみたい気持ちはある。同室の
男子も行くらしいし、行かないとなると部屋に一人ぽつん。

「サーヤちゃん行こー」

「……そんなにしつこく誘われたら、断るほうが無粋よね」

やれやれ、といった様子で高宇治さんが白旗を揚げた。

「私もやっぱ買えばよかった」

しょぼんとした名取さんが、自分の胸元に視線を落としている。

「名取さん、大丈夫だよ。水着審査やるわけじゃないし、他にもスク水の人いると思うよ」

とは言うけど、俺も一応派手でない程度の自前の水着を持ってきている。

「少数派なら、それはそれで良い目立ち方をすると思うし」

「もしかして、春ちゃんが言ったSNSの人ですか？」

「違います」

偏った見方の人間だと思われかねないので、きっぱりと否定しておく。

「君島くんは、スクール水着が好きなの？」

ちょっとした質問かと思ったら、高宇治さんは意外と真面目な目をしている。

「そういうわけじゃないよ」

一旦否定しておく。

うちの学校のプールの授業は男女別。去年の俺は、他のミーハー男子に交ざって高宇治さんのプールを見る勇気もなかった。

高宇治さんの水着……本物を見たらマジで鼻血出すかもしれん。

「俺がSNSでそんな発言したわけじゃないから。俺がっていうか、男子の総意として、ビキニもあってスクール水着もあるっていうバリエーションが大事っていうか」

……フォローしてるとはいえ、何言ってんだ俺。

「じゃあ学校のやつでもいいんだね」

「学校指定の水着でもいいのね」

名取さんと高宇治さんの声が被った。

チェックインが順番通りに進んでいき、四人一部屋の一室を案内され、さっそくプールへ行く準備をする。

普段行けないやや高めのグレードのホテル、プール、修学旅行、たぶん女子の水着が見られる……男子が浮かれないはずがないのである。

同室の男子たちと部屋を出ていき廊下を案内に従って歩いていく。プールの手前にあった専用の更衣室で水着に着替えた。

はしゃぐ声がすでに聞こえていて、扉を開けると学校のものよりも大きく清潔そうなプールがあった。

短めのウォータースライダーもあり、すでにうちの生徒らしき男子たちが滑り降りて笑い声を響かせていた。

プールサイドには、寝そべるベッドタイプの白いベンチがいくつもあり、そこで休憩している人もいる。

どうしようか考えていると、ぺちんと背中を叩《たた》かれた。

「いた!?」

「灯くん、入んないの？」

そこには水着に着替えた名取さんがいた。

締まった体にうっすらと日焼けをした腕や脚。けどそうじゃない部分は白い。本人が言ったように、胸は控えめ。ピチッとしている分、体のラインがよくわかった。

「あ、灯くん見すぎだから！」

どん、と肩を突き飛ばされた。

「そ、そんなにってことは見てないから！」

さっと体を隠すようにひねる名取さん。

「てか、やっぱり私だけだよ……学校の水着……。恥ずかしい……。日焼けして黒いのもほぼ私だけだし、うぅ……」

たしかに、男子は似たり寄ったりの水着だけど、女子はカラフルでワンピースタイプだったりビキニタイプだったりと様々だった。

なんかフォローしないと。

「ええと、似合ってるよ」

「そ、そう……？」

照れたような困ったような顔をする名取さんだったけど、ふと何かに気づいた。

「どうせ胸ちっちゃいよ！　だから似合うんだよ！」

「似合ってれば、ペタンコでもいいんじゃない？」

「一個奥に踏み込んできてるよ!?　フォロー下手！」

ゲシ、と蹴られてプールに落とされた。

「ぶはっ。いきなり蹴るなよ――」

水面に顔を出したときには、名取さんは他の女子に呼ばれ、とてとて、とプールサイドを走っていく。どこかへ行って戻ってくると上にTシャツを着ていた。

なるほど……そうくるか。

「何してんの、灯？」

プールサイドにいる春がしゃがんだまま膝を抱えていた。

「ちょっと、フォローをミスったらしい」

話が見えなかったらしいけど、気にする様子はなく、すくっと立ち上がって、くねっとくびれを作ってポーズを取った。

「どう、あたしの水着？」

黒の水着が白い肌と金髪によく映えている。

オフショルダータイプの水着（っていうらしい）で、中央にリボンがあり、少し可愛《かわい》らしくもある。胸元から上は何もないので、首筋から鎖骨のあたりがすごく綺麗に見えた。

首元のシルバーネックスレスがキラリと光っている。

【ピュア】がある春だから、もっと可もなく不可もない水着だと思ったけど、案外際どい。デカデカのおっぱいはこぼれそうだし、股のVの角度が急な気がする。

「エロいなぁ……いや、うん、エロい」

しみじみと俺が言うと、カァァ、と春の色白の肌が瞬時に真っ赤になった。

「嘘《うそ》っ⁉ だ、だって、店員さんブチ上がるって言ってたよ⁉ あれ嘘なの⁉」

あー【ピュア】がそっち方面で発揮されたのか。

その場にいなかったのでどんなヨイショをされたのかは知らないけど、春のやつ、鵜呑《うの》みにしたらしい。

むしろ超似合ってる。

けど、男に感想を求めたら、エロいが素直なものだろう。

「思いっきり下に引っ張ったら、おまえ……おっぱい丸出しになるぞ」

「いや、思いっきり下に引っ張るからでしょうが」

パシャ、とすくった水をかけられた。

「それもそうだな」

「灯があたしのことガチでオンナとして見てくるんだけど、ヤバ」

また水をかけられた。

「こら。照れ隠しやめろ」

「照れてないしっっっ!!」

とんでもない大声だった。

「……高宇治さんは？」

きょろきょろ、と周囲を見回す春。

「ゆーてあたし、そんなエロくないじゃん！　他のコもケッコー攻めてるし……ってことは灯、あたしのこと意識しすぎなんじゃ……サーヤちゃんのことが好きなくせにっ」

バシャ、とまた水をかけられる。

「いや、聞けよ」

「え、何」

「高宇治さん、まだ着替えてるのかなって」

「ほんとだ。サーヤちゃん、さっき着替え終わってたんだけど、まだいないね?」

首をかしげた春が、プールサイドを小走りする。

上下左右に揺れてすごいな……。あそこだけ無重力なのか?

すぐに更衣室へ行った春の声が聞こえてきた。

「なんでそんなのしてんの!」

「マナーとしてはこうするのが一般的だと思うけれど」

「市民プールじゃないんだから――」

なんだ、何を揉《も》めてるんだ。

奥から一人、水泳キャップを被ってゴーグルをした人が出てきた。

誰!?

どこのスイマー!?

春が後ろからスイマーの肩を摑《つか》んだ。

「取りなよ、これ。変だから」

「いいのよ、これで」

……あれ、高宇治さんなのか?

「サーヤちゃんってば、着替えたまではいいけど、たぶん見られるのがハズくなって顔を隠す暴挙に出たっぽい」

スイマーの耳が赤い。

「ち、違うわよ」

たぶん図星だ。

着ている水着は、スクール水着。真面目な高宇治さんらしかった。ミルク色の二の腕に太もも。胸元から腰回りまでをなめらかな曲線が描いている。肩紐《かたひも》を直そうとすると、弾みで胸がむぎゅっとなった。

春ほどの大きさはないけど、ずいぶんご立派で……。

スクール水着だからインパクトはないけど、無駄がなくてスタイルが良く、水着女子という意味での完成度が圧倒的に高い。

「プ……プールは、泳ぐものでしょう？」

言いわけじみた発言を聞いて、ようやく俺は我に返った。

「高宇治さん、ここ遊ぶプールで、ウォーキングしてるおじさんもおばさんもいないでしょ？」

聞かせるように言うと、その隙に春がひょいとキャップとゴーグルを外した。

「あっ」

高宇治さんの黒髪がさらりと胸元に流れ、ようやく素顔が露《あら》わになった。

「はい、こんにちは〜」

ふざけて春が言うので、俺も乗っかって「ちゃーす」と適当に挨拶をする。

目が合うと、じわじわ、と高宇治さんの頬《ほお》が赤く染まっていった。

「こ、こんにちゃ」

あ、噛《か》んだ。

恥ずかしさが倍増したせいか、プルプルと高宇治さんが震えると、膝を抱えて丸くなってしまった。

防御姿勢の高宇治さんに、春と俺が声をかける。

「サーヤちゃん、可愛いよ、水着」

「うん。似合ってる」

「……の、飲み物を買ってくるわ」

俺に背を向けて立ち上がった高宇治さんは自販機のほうに歩きだし、お尻の食い込みを指で直した。

「まったく世話が焼けるな〜」

春もそのあとを追っていった。

何かしらのフォローをするらしい。春なら俺と違ってうまくやるんだろう。
俺はベンチに座ってギャーギャー騒ぐ同級生たちを眺める。
にしても春と高宇治さん、遅いな？　もう一〇分くらい経《た》つぞ。
俺がエロい目で見てるからって帰ったりしないよな……？　否定はできないけど。
もしそうなったら春も強く否定しないだろうし……。
売店はないので、飲み物を買うなら自販機となる。
プールサイドにひとつあったことを思い出し、二人の様子を見に行くことにした。
そこでは、高宇治さんと春が男四人ほどに囲まれていた。
色黒だったり金髪だったりタトゥーが入っていたり、お行儀のいい集団には見えない。
「遊んでんの？」
「もしかして高校生？」
「修学旅行？　学校どこのコ？」
気安くフレンドリーに話しかける男たち。
春も高宇治さんも不愛想に顔をそらして、会話をする気はなさそうだった。
この様子で知り合いなわけがないだろう。
ちらちら、と男たちが二人の体に視線を這《は》わせているのがわかった。

そんな目に堪えるかのように、二人とも腕で体を隠そうとしている。

「これから飲み物を買って戻るの。どいてちょうだい」

「いい、いい。出してあげるから」

「マジでウザいっつってんの」

高宇治さんも春も嫌悪を露わにしているが、子猫の反抗的な態度を楽しむかのように、男たちは真に受けずニヤニヤしたままだった。

「JKの体つきじゃねえよ」

「声かけられるの待ってたんだろ、本当は」

「まあまあ、最初はイヤかもだけど、そのうち楽しくなっからさ〜」

「行こうぜー」

金髪が高宇治さんの腕を摑んだ。

「ちょ——やめて……」

はっ、と俺は我に返った。

何ぼんやりと見守ってんだ。

芙海さんとのやりとりがふと脳裏をよぎる。

『一対一なら、先手必勝で鼻を思いっきりシバきます。それで戦意が九割ダウンします』

って言っていたけど、春と高宇治さんがいるといっても実質一対四。

複数を相手にするときのことを聞いておけばよかった！

何か使えるもの——。

俺が周囲をきょろきょろ見回していると、日下部《くさかべ》くんと友達が、レジャー用らしきおもちゃのテニスラケットとゴムボールをバドミントンみたいに打って遊んでいた。

「じゃ次シクったやつ一発ギャグなー？　ギャハハ」

嫌な遊びしてんな。

「日下部くんそれ貸して！」

「え？　あ、おい！」

俺はおもちゃのラケットとボールを奪うと、集団の一人に狙いをつける。

なんにでも応用が利くんだよな——？

道具はちゃんとした物に限るとかケチなこと言うなよ——！

「【ライジングスター】！」

俺はトスをして全力でボールを打った。

その材質ではありえない唸りをゴォ、とあげて、狙った金髪の男めがけて飛んでいった。

能力がきちんと発動され、イナズマをまとったボールが直撃する。

「ふげっ⁉」

顔面にぶつかった男がプールサイドに倒れた。

「お、おい――大丈夫か⁉」

「たっちゃんに何してくれてんだ、てめえ！」

俺が倒した金髪はたっちゃんっていうらしい。

「うっせえ！　その子は、これから俺と遊ぶんだよ！」

啖呵《たんか》を切ると、残りの仲間が俺を睨《にら》みつけてくる。

【強心臓】のおかげで全然怖くない。

けど、直接的な武力行使となれば、俺は完全に不利だ。

ステータスをそれぞれ見てみても、これといった弱点らしきものは見当たらない。

【長い物に巻かれる】っていうのが共通であるくらいで……。

「あっくん、どしたん」

ガタイのいい男子が話しかけてきた。

あっくん？　俺のことか？

この人、同じクラスで、たしかアメフト部の戸村《とむら》くん。

「まあ、ちょっと……」

なんと説明していいかわからないでいると、ふと閃《ひらめ》いた。

あいつら【長い物に巻かれる】んだよな……？

数は力だ。

「戸村くん、他にアメフト部っている？」

「いるぜ。呼ぼうか？」

「うん」

おぉーい、と戸村くんが声を出すと、気づいた六人がすぐにこちらへやってきた。

殺気立って俺を睨んでいる男たちと俺の関係を、屈強なアメフト部七人に改めて説明する。

「せ、瀬川と高宇治を？　ウチの学校のツートップだぞ」

「けしからん、けしからん……！」

「瀬川はオレたちにすら優しい良いギャルだ」

「高宇治は、全男子の清涼剤……。それを無理矢理《むりやり》……」

俺は沸々と滾《たぎ》っているアメフト部を煽《あお》った。

「連れていっていいわけねえよな⁉」

「「「おぉ！」」」

【リーダーシップ】のおかげで小悪党ムーブが完全に決まった。

ふと、男たちを見ると、もういなかった。

「アメフト部が集まったあたりで、ビビってあっち行っちゃったみたい」

春が逃げた方角を指差していた。

「高宇治さん、春、大丈夫だった？」

二人に駆け寄って訊《き》くと、春がピースしているけどその手は震えていた。

「だい、だいじょぶ」

大丈夫じゃねえな？

「あんなことになるんなら俺も一緒に行けばよかった」

「よくあることよ」

不愛想な表情のまま高宇治さんは言う。

こっちは大丈夫そうだ。

「それはそうと……顔が固まって元に戻らないわ」

あ、ダメそう。

「ちょっと怖かったけど、助かったよ。ありがとう、灯」

「いいえ」

「ボールで一人倒したとき、何が起きたかと思ったけど、カッコよかったわ」

「そ、そう……？」

ニコリと笑ってくれればいいんだけど、表情が固まっているせいか、それとも関係なくそうなのか、無表情のままで本音が読めない。

ようやく【ライジングスター】が役に立った気がした。

「あっくん、やったな」

べしべし、と戸村くんが背中を叩《たた》く。軽くのつもりだろうけど、普通に痛い。

「上手いこといってよかったよ」

俺が苦笑すると、アメフト部数人が顔を見合わせ、何かを確認する。

「担ぐぞ」

「担ぐ？」

俺が疑問を口にすると、背中と足を支えられ、数人に担ぎ上げられた。

完全にお神輿《みこし》状態だった。

「何、何すんの!?」

「瀬川と高宇治を守ったあっくんを胴上げするぞ」

「「「おぉ」」」

「いいっ、いいっ！　胴上げなんていいから！」

俺の拒否なんて全然聞いてくれないマッスルたちは、簡単に俺を上へ放り投げた。

「う、わぁああ⁉」

一瞬の浮遊感を味わうと、みんながキャッチする。

「あっくん──あっくん──」

されるがままの俺は、名前に合わせて宙を舞った。

「あっくんって呼ぶな！　ハズいから！」

みんなからも注目を集めているのがわかる。

ケラケラと春がそばで笑っている。

表情が死んでいた高宇治さんも、ようやく相好を崩していた。

それが見られて安心した。

「もういい、もういいから」

それから数度胴上げをされた俺は、上ではなく真横にぽい、と放り捨てられた。

「ほべぶが⁉」

放り出されたのは空中じゃなくてプールの中だった。

「降ろし方他にねえのか！」

ドッ、と見ていた人たちが笑った。だははは、とアメフト部たちの太い笑い声が響く中、高宇治さんもおかしそうに口元を隠して笑っていた。

とんでもない目にあった……。

よっこいせ、とプールから上がると、微笑を浮かべたまま高宇治さんが言う。

「ツッコミの間も表情も、声の大きさも完璧だったわ」

「JKは普通そんなテクニカルな評価しないから」

そういうの、好きなんだなぁ高宇治さん。まあ、俺も好きなんだけど。

「高宇治さんは、直道さんの影響を受けてるのがよくわかるよ」

「兄さんもこの前、さっき私が言ったようなことを……、あ。もしかして、前の週末に兄さんから電話があった？」

「あ、そうそう。よくわかったね」

「同じことを言っていたから、ピンときて」

「同じこと？」

「君島くんのことを褒めていたわ」

直道さんが？　なんで？　俺、褒められるようなことした？

自由時間の終わりが迫ると、そう言い残した高宇治さんと春や生徒たちが徐々に更衣室へ戻っていった。

そこで、ステータスの更新があった。

・君島灯
・成長：急成長
・特徴特技
強心臓
ラジオオタク
ポーカーフェイス
褒め上手
ライジングスター
脚色家
リーダーシップ
キレのあるツッコミ

新しく【キレのあるツッコミ】を覚えていた。

さっきのプール放り投げが理由っぽい。

自由時間が終わり、制服に着替えて夕食を食べ終わったあと、先生に呼び出された。

どうやら、たっちゃんたちと揉《も》めた件で、誰かが先生に通報したようだった。

どう伝わったのかわからないけど、一般の客と揉め事になったたっていうのが問題らしかった。

「いや、あっちが高宇治さんたちを強引にナンパしようとしてたから俺は――」

って言っても全然ダメ。

話が聞こえていたクラスメイトが俺のフォローをしてくれたけど、決定事項は揺るがなかった。

まあ、強引だったとはいえ、先に手を出したのは俺だしな。芙海さんの教えを守って先手必勝。完全に奇襲だったもんな。

大人しく従った俺は、用意された別室で原稿用紙二枚を渡され、それが書けるまで軟禁されることになった。

「こんなの書いてる場合じゃないんだけどな……」

ペンの先で原稿用紙をノックする。

ネタメール。

明日の深夜が番組放送日で、締め切りは放送日当日の一八時。明日の放送が、直道さんから言い渡された条件の三回目となる。

それらしきものはいくつか考えてあり、スマホのメモ帳に残している。

けど、なんか違う。何が違うのか考えている間に、あっという間に今日を迎えてしまった。

「反省文なんかよりも何倍もやべえよ……」

げっそりとした俺はため息をついた。

◆高宇治沙彩

入浴が終わり、沙彩は一人で部屋に戻った。

今は体育用のジャージに着替え、髪で肩や背中が濡《ぬ》れないようにタオルを置き、火照った顔を手で扇ぎながら、冷蔵庫で冷やしていたペットボトルの水を飲む。

お風呂までは春が一緒にいた。

「ハダカの付き合いしよーよ、サーヤちゃん」

なんて言って沙彩に付きまとっていたのだが、他に仲のいい女子を見つけると親しげに声をかけて、タオルは巻かず自慢のボディを堂々と見せつけながら浴場へ入っていった。

「浮気者……」

ずっと一人でいれば気にならないが、二人でいた状態から一人になると、ほんの少し寂しい。

それから一人になった沙彩は、完備されていた露天風呂にもサウナにも入ることなく、キャッキャとはしゃぐ女子を眺めながら、体を洗って内風呂に入り早々とお風呂をあとにした。

同室の女子は、春とあと二人いるが彼女らもまだ戻りそうにない。

しん、とした無音の部屋に一人でいるのが物悲しくなり、大して見たくもないテレビをつける。

しおりをめくって、明日の日程を確認した。

明日は班での自由行動。

班決めの当初は、灯、春、沙彩の三人だった。ぼっちを作らなければ班は何人でもオーケーというゆるさだったのだ。

しばらくすると、女子テニス部で固まっていた五人班から、陽色が移籍してきて、最終的に四人班となった。

しおりの班のメンバーをもう一度確認する。

班長のところに君島灯と記されていた。

「あかりくん……」

小声で名前を呼んでみる。

誰かに聞かれていないか心配になり、バッバッ、と周囲を見回して、ほっと胸を撫《な》でおろす。

陽色は、あっさりと名前で呼んでいた。

訊《き》いたのだろうか。そう呼んでもいいかどうか。

灯の場合、訊いたとして拒否はしなそうではある。

そうでなくても、陽色は色んな人と仲が良い。

親しみやすい性格でもあるし、するりと距離を詰められる人懐っこさもあった。頃合いを見て、灯くん、とさらりと呼び方を変えてそうだ。

タイムスケジュールでは、うちのクラスの男子が今入浴中だった。そういえば、と別の呼ばれ方をしていたことを思い出した。

「……あっくん」

ぽつりと声に出してみるが、これは恥ずかしかった。下がりはじめた体温が、またぐっと上昇するのを感じる。

例のあっくんはというと、今ごろ別室に軟禁されている。

プールで他の客と揉め事を起こしたせいだ。

完全に悪いのはあちらだと、沙彩や春や他の生徒があれこれ証言するも、攻撃的な手段に出たのは灯のほうが早かったということで、せっかくの修学旅行なのに反省文を書かされていた。

「そろそろ終わるかしら？」

時計を見てまた独り言をつぶやく。

テレビのトーク番組では、マンダリオンの二人がゲストで登場していた。

『いや、この前ね、たまたま相方の満田《みつだ》とご飯屋さんでばったり会ってもうて。こういうとき普通軽く会釈とかするじゃないスか。なのにこいつ、目ぇ合ったのにフル無視かましてきて――』

「以前ラジオでしゃべっていたトークのショートバージョンね」

内容を知っている沙彩はわずかな優越感に浸りながら、冷たい水をちびりと飲む。

すると、扉がコンコンとノックされた。

ドキッとして思わずしゃんと背筋が伸びる。

もしかして、と扉の向こうにいる人物が誰か、想像が頭をかすめる。

まだ濡れている髪を、肩口で余っているタオルで挟みながら慌てて水分をふき取っていく。

洗面所で鏡を見て、手早く前髪を確認。

よし。

おほん、と咳払《せきばら》いをして鍵を開ける。

「たはー。あっつー。早く開けてよねー」

頬《ほお》を上気させた春が、ぱすぱす、とスリッパを鳴らして入ってきた。

「……」

「どしたのん？」

「……なんでもないわ」

頭にタオルを巻いている春は、余程暑かったのか上のジャージを脱ぎ、キャミソール姿になる。

浴場でまじまじと見てしまったが、春の胸は相当な大きさがあった。今も、キャミソールから三割くらい見えてしまっている。

「そりゃ、ナンパもされるわよね」

呆《あき》れたように言うと、春がぴくりと反応した。

「えー。あたしのせいじゃなくない？　悪いのはあいつらっしょー。鼻の下伸ばして。ほんとヤだった」

思い出した春は、機嫌が悪い犬のように犬歯を覗かせる。

「てか、あたしのせいって言うんなら、サーヤちゃんのせいでもあるわけじゃん？」

うぐ、と沙彩は言葉に詰まる。

学力面では沙彩のほうが段違いに上だが、ときどきこうしてこのギャルは言い返せない正論を放つ。

言い返せなかったのが悔しくて、ペットボトルを隙だらけの春の脚にくっつけた。

「ぴゃ――っ。変な声出た！　やめて、もー」

と言いつつも笑顔なので、こういう絡み方も嫌いではないらしい。

自分のベッドでごろんと横になる春は、スマホで何かを見ている。話すことがなくなったので、沙彩もスマホを手にすると、兄からメッセージが入っていた。

『君島はメール送れた？』

兄も気になるようだった。

沙彩も進捗について何も知らない。何か考えられただろうか。

次回メールの締め切りは番組当日の夕方までとなっている。

返す内容がないので、メッセージは既読スルーしておく。

またコンコンと部屋がノックされ、春が扉を開けると、陽色がやってきた。

「遊びに来たよー？」

「ヒーロちゃん、いらっしゃい」

お菓子とジュースを入れた袋を手にした陽色は、空いているベッドにどさっとそれらを置いた。

「ここに集合ー！」

「はいはーい」

お菓子に釣られた春が、真っ先にそのベッドであぐらをかく。

ちょうど小腹が空いていた沙彩も、異論なくそこへ集まった。

明日の経路を確認し、どの店で昼食を食べるか、食後は何のスイーツを食べるかで盛り上がっていた。

【ジャンクフード好き】の沙彩ではあるが、甘い物も好きなので、スマホで目的地近くの店を調べていた。

「君島くん無しで決めてしまっていいのかしら」

「いんじゃね？　灯は別にこだわりないだろうし」

「じゃ、呼ぼー⁉」

名案を閃《ひらめ》いたように目を輝かせた陽色が、スマホを操作している。

「ちょ、ちょ、ちょっと待って名取さん！　ここ女子部屋だから君島くんは」

「大丈夫大丈夫。バレなかったらいいんだから」

「良くないわ。今も反省文を書かされているのだし……」

これ以上灯の心象を悪くするようなことはさせたくなかった。

「それもそっか……。灯くんもいたら楽しいと思ったんだけどね」

残念そうに言う陽色。

沙彩からすると、陽色はうらやましいほどの直情型で、考えていることが口からすぐに出て行動に移せる女の子だった。

お菓子をつまみながら、明日の話だったり学校の話だったり、身近なカップルの話だったり、話題は尽きることがなかった。

そんな会話の中で、誰が誰を好きらしい、という恋バナが一段落したときだった。

「沙彩ちゃんは好きな人いるー？」

何気なく陽色が話を振ると、ドキン、として肩を一瞬すくめた沙彩は、すぐに平静を取り戻した。

真っ先に灯のことが脳裏をよぎったが、友達として好ましいのであって……と脳内で言いわけをしておく。

「い……今のところ、とくには」

「そうなんだー。春ちゃんは？」

「あ、あたし？　あたしは、あのその、いや、釣り合いそうな男子いないし今はそういうのいいかなって」

焦ったように矢継ぎ早にしゃべる春は、いかにも怪しかった。

「ヒーロちゃんはどうなの？」

「私？　いるっ」

堂々と宣言した。

「「………………」」

そんな陽色に対し、囃《はや》し立てることも冷やかすことも詮索することもなく、沙彩と春はただ沈黙した。

　思い当たる節しかなかったからだ。

「へ、へぇ……ちなみに、どんな人？」

　誰なのか具体的に訊かないあたり、春の立ち回りの上手さが窺《うかが》えた。

　具体的に訊き出したら、あっさり口にしていただろう。

「んっとね。頑張り屋さん。いつも一生懸命で。そういうところがいいなぁって。……やや っ、結構照れるね、自分で言っておいてアレだけど」

　てへへと照れ笑う陽色は、誤魔化《ごまか》すようにペットボトルのジュースを飲んだ。

　そんな彼女を、素直に可愛《かわい》いと思ってしまう。

　彼女を好いている男子は、結構いるのだろう。

　沙彩は、チクリ、チクリ、と針で柔らかい部分を突かれるような気分だった。

「あ。そういや、あたしも、好きじゃないけど、気になる人いた。気になるってだけだけどね。あくまでも。好きじゃなくて」

　わざわざ否定しているあたりが、いかにも怪しい。

「そうなの？　どんな人？」

「その人は、他に好きな人いるから、あたしは相談に乗ったりしてるだけなんだけど。良いヤツなんだよね、基本」

困ったように笑う春の笑顔が、二人にはビシビシ響いてしまった。

「切ないわね……」

「ツラ。春ちゃん……」

変なテンションになった二人が、春をそっと抱きしめた。

「そういうんじゃないからっ。気になってるってだけでっ」

あくまでも否定する春は、二人を引きはがす。

「私なら、好きなら構わず行っちゃうかも」

自分に置き換えた陽色がぽつりと言う。

「構わず、か……」

一瞬火が消えたように表情がなくなる春は、すぐにからりと笑った。

「ヒーロちゃん、猪突猛進《ちょとつもうしん》タイプだ」

「ぶーぶー」

「ブタじゃん」

けらけら、と二人が笑う。

それから、春が困惑しながら微笑すると、ちらりと沙彩を一瞥《いちべつ》して話しはじめた。

「相談乗ってた最初は、脈無しだから無理じゃんって思ってたんだけど、ワンチャンあるかもなってくらいになってきちゃって――。うん……」

「瀬川さんっ」

「春ちゃんっ」

ぎゅっとまた春を抱きしめる二人。

「いいって、いいって！　なんなのこのノリ」

くすぐったそうに春が肩を揺らす。

「一番経験してそうな春ちゃんがピュアすぎて、もう好き」

「はいはい、あたしもだよー」

面倒くさそうに春が陽色をいなす。

「サーヤちゃんは、いるんじゃないの？　気になってる人くらい」

春が確信めいた言葉を投げてくる。

「っ」

「言っちゃえ、言っちゃえ～」

便乗した陽色が煽《あお》ってくる。

「好きな人は、いないわ……。ただ、そうね……友達として、良い関係を続けていくと

「……」

もしかすると恋に発展するのかもしれない。

そう思っても、口に出すのが恥ずかしかった。

「それあたしじゃん！　サーヤちゃん、あたしのこと好きなの？」

「瀬川さんは、誰とでも仲が良いでしょ。そういうのって……私」

「沙彩ちゃん寂しいんだ⁉　春ちゃんが他の子とも仲良いから！」

ド直球に核心を突かれたせいで、瞬時に言い返せなかった。

「えーっ、可愛《かわ》ぁぁぁっ⁉　やいてたんだ⁉」

いきなり懐いてきた猫を見るように、春が目を輝かせた。

「ちっ、違うわよ」

「「そうなんだ～」」

違うと言っても全然信じてない二人は、沙彩を温かい目で見守っていた。

7　深夜の二人

観光地のひとつである港町まで電車で移動をする。

俺たちの班以外でも、目的地を同じくする生徒がちらほら乗車していた。

「焼きカレーっていうのが有名なんだって」

四人が座れるボックス席の向かいで、足を組んでいる春《はる》がスマホを見ながら言った。

「お昼のお店はもう決まってて——ここだよ」

隣に座った名取《なとり》さんが、スマホに表示されている店の情報を見せてくれた。

「そうなんだ」

マップアプリには、レビューや店の写真やメニューなどが載っていた。

「私たちだけで決めてしまったけれど、良かったかしら……？」

斜め向かいに座る高宇治《たかうじ》さんが不安げに尋ねてくる。

「いいよ。全然。どの店に行きたいって、俺あんまりなかったから」

「ね。ほら」

わかっていたように春は言って、足を組みかえた。

ルート自体はあらかじめ決めていたけど、どうやら、昨日の夜に行く店を決めたらしい。

その場に呼んでくれてもよかったけど、昨日はそれどころじゃなかった。

反省文を書いたあとは、部屋に誰も来ないのをいいことに、そのままネタメールを考えてうんうん唸《うな》っていた。

「灯《あかり》くん、灯くん、今海見えたよ！」

ほらほら、と窓側に座る俺に寄りかかるようにして、名取さんが窓の外を指差した。同じホテルの浴場で同じシャンプーやリンスのはずなのに、俺と違ってめちゃくちゃ良いにおいなの、なんでなんだ？

「君島《きみしま》くんが困ってるわ」

ぐい、と高宇治さんが名取さんを引っ張って腰を落ち着かせる。

「あ、ごめんね。ついはしゃいじゃって」

てへへ、と笑う名取さん。

「その店行ったあとは、近辺を見て回って、そのあと電車で街のほうに戻ってきて――」

しっかり者の春が今日のルートを確認するようにつぶやく。

終着駅で降りると、レトロな雰囲気のあるホームや駅舎を女子三人はパシャパシャ撮っていた。

「シャレてんじゃん。アガるー！」

「いい雰囲気だねー！」

「……」

　無言だったけど、高宇治さんもどことなく満足そうだった。

　入念に調べてくれた春が、スマホのマップアプリを見てあちこちに連れて行ってくれる。

「無駄がねえな」

「こういうのって効率だと思うわけ」

　ギャルの口から効率とか聞きたくねえな。

　それから、建物を見て回ったり、決めていたお店で名物を食べたりして、予定通り街へ戻ってきた。自由時間が終わるまであと二時間ほど。

　駅構内のお土産屋さんに入ってあれこれ見ていると、名前を呼ばれた。

「き、君島くん、これ、どうかしら」

　硬くなった様子の高宇治さんがぬいぐるみを指差していた。

　名物を模したこの地域のゆるキャラで、名前は知らないけど愛嬌《あいきょう》のある顔をしていた。

「いいと思うよ」

【寂《さみ》しがり屋】だから、ぬいぐるみとか好きなのかもしれない。

「参考にするわ」

参考？　俺が推す程度では信用ならんってことかな。

それからいくつか店を覗いて、一周したころにホテルに帰ろうとすると、一人いないことに気づいた。

「あれ、高宇治さんは？」

「トイレじゃないの？」

「私、さっき行ったけどいなかったよ」

三人で周辺を捜してみるけど、その姿は見えない。春が連絡を取ろうとするけど、首を振った。

「反応ない。……さ、サーヤちゃん迷子くさいってば！」

「どこ行っちゃったんだろ……!?」

「迷子ならいいけど、昨日みたいに変な男に声をかけられて強引に連れていかれて、夜の仕事をさせられて――」

「灯の妄想がエグいって」

「そういう漫画があるんだよ！」

「いや、漫画じゃん」

「それもそうだな」

すぐ冷静になった。

でも、連絡しても出ないってなると、心配だ。

スマホは結構イジるタイプだし、ふとした拍子に見たら折り返してくれそうなもんだけど――。

着信に気づいてない？　気づかない、としたら……。

「サーヤちゃん連絡ちょーだい、っと」

春がメッセージを送っている間、「私、他のとこ見てくるね！」と名取さんが駆け足で去っていく。

「俺も捜しにいってくる。戻ってくるかもだから春はそこにいてくれ！」

春が何か言い出す前に俺も足を急がせた。

はぐれて一〇分程度。そんな遠くには行ってないはず。

大きなターミナル駅は、観光客やビジネスマン、地元の大学生、高校生、人で溢《あふ》れている。

あんな美少女がぽつんといたら、昨日みたいにナンパ不可避。

確実に変な男が声をかけるだろう。

心配すぎる。

昨日みたいに、もしものときは、俺が高宇治さんを守るしかない。

そろそろ向こうでは学校が終わるころだ。電話して出てくれるかな。

スマホを手に通話ボタンを押す。すると、すぐに通話開始と表示された。

「あ。出た。もしもし芙海《ふみ》さん！　お疲れ様です」

『お疲れ様です〜。どうしましたー？』

声だけ聞いていると、口調と声音に癒される。

「複数とケンカするときって、どうしたらいいんですか？」

もしもの場合に備えて、知識だけでも聞かせてほしい。

『トラブルですか⁉　やる気なんですか⁉』

声、めっちゃワクワクしてんな？　目を輝かせている姿が思い浮かぶ。

「そうなるかはわからないですけど、念のためって感じです」

そうですねぇ〜、と芙海さんは考えるような間をとって言った。

『鉄パイプありますか？』

ねえよ。

『一対複数なら、武器を使うことをオススメします。基本ですよ、基本』

「どこのなんの基本ですか」

『リーチが長くて頑丈な物であれば武器になるので、持っていくか見つけるかしてください』

「そういう物理的なことじゃなくて……心構えみたいなものがあれば」

通話をしている間も、目線で高宇治さんを捜すけど、いそうな雰囲気がない。

『心構えですか。うぅん。一対複数と考えるより、一対一を人数分って考えたほうがいいです。なので、一対複数は、一対一の応用だと思ってください』

「なるほど」

『まずは、先手必勝で一人目を鉄パイプで思いっきりシバきます』

結局そうなるんかい。

『そのシバき具合を見た相手が、戦意喪失する可能性がありますから、一人目はとくに重要で、ほどほどに痛めつけます。もちろん、キルしないように』

ゲームみたいな軽さでキルとか言うな。

「あ、もう大丈夫です。あざした」

ぽち、と通話終了ボタンを押す。相変わらず物騒な人だった。

そんな状況にならないことを祈りながら、俺は駅構内を走り回った。怪訝《けげん》な目をむけられても構わなかった。

けど、高宇治さんの姿はない。

四人のグループラインにも進展がなく、高宇治さんからの反応もない。

マジでどこ行ったんだ。

呼吸を落ち着けて、一度整理してみる。

最後に見たのが、お土産屋さん。それを考えるとやっぱり遠くには行っていないはず。

高宇治さん、無事だといいけど。

体操服の高宇治さんに、勉強会でブラチラをした高宇治さん、スクール水着の高宇治さん……。

ぱっと思い出すの、エロいところだけかよ。なんか自分にがっかりした。

「勉強会……？」

ああいうのって滅多《めった》にないんだよな、高宇治さん。パンチラはもちろん、かなり気をつけているっぽいし。

あのときは勉強に集中してて……そうだ、高宇治さんは【高集中力】を持っている。

何かに集中しすぎたら周りのことが見えなくなる。

見知らぬ土地だけど、高宇治さんの興味を強く引きそうな場所──。

マップアプリを見ていて、ふと気づいた。

「もしかしてここにいるんじゃ……」

たしかにそう遠くないし、高宇治さんならではの行き先だ。

『わかったかも』とだけグループラインに送って、俺は走り出した。

三分ほどで着いたそこは、駅ビル三階の開けたスペースで、夕方のこの時間はサラリーマンや女性が休憩をしていた。

奥にはラジオブースがあった。今聞こえているこのラジオを放送しているようで、ブース内ではヘッドホンをつけた女性パーソナリティがしゃべっている。

それを子供みたいに目を輝かせながら見つめている高宇治さんがいた。

「高宇治さん、捜したよ」

「君島くん」

魔法が解けたかのように、我に返った高宇治さんは、状況にようやく気づいた。

「あ。私……」

マズそうに眉をひそめて、スマホを確認すると画面が真っ暗。

「電源が切れているみたい」

はぁ、と俺は安堵《あんど》のため息をついた。

「どうりで反応がないわけだ。心配したよ」

「ごめんなさい。すぐに戻るつもりだったのだけれど……」

俺は反省して目を伏せる高宇治さんの頭に、軽くチョップした。

「いたっ」

「マジで心配した。昨日みたいに変な男に絡まれてるかもとか、想像して」

しゅんしゅんしゅん……とどんどん高宇治さんが縮んでいく……ように見えた。

「捜してくれて、ありがとう」

「ううん。でもよかった。何事もなくて。勝手に離れないで」

ぎゅううう、と高宇治さんが服の胸元を握り、上目遣いでこくりとうなずいた。

「は、はい……離れません……」

なんで敬語？

俺はグループラインに高宇治さんを見つけたことを報告した。

「戻ろう。二人が待ってる」

一瞬名残惜しそうにブースに目をやった高宇治さんが歩きだす。

「お土産屋さんに入る前に見つけてしまって。しかも今放送しているようだったし……。気づいたら、つい。……ごめんなさい。迷惑をかけてしまって」

これ以上は言わないでおこう。俺も勢い余ってビシっとやってしまったし。

「自分で言うのは変だけれど、よくわかったわね？」

「ラジオブースが近くにあるってわかったから。そこしかないって思ったんだ」

「お見通しだったというわけね」

「高宇治さんといえば、もうこれって感じだから」

「それはあなたもじゃない」

くすくす、と高宇治さんが笑う。

「君島くんだけが見つけてくれるのね」

「え？」

訊《き》き返すと、ふい、と顔を背けた高宇治さん。向こうでは春と名取さんが手を振っていた。

合流しようと歩く中、高宇治さんにこそっと訊かれた。

「ネタメール、大丈夫？」

「……いや、正直、あんまり」

「私が見てあげることもできるけれど……だからといって通るわけではないし……」

そう。それが一番難しいところ。よく読まれる『宇治茶』さんでさえ、送った数に対してその割合は低いらしい。

業界でも評判のラジオ。メール激戦区は伊達《だて》じゃない。

「ネタなのだから他人を楽しませることが大事で。あとは、事実を書く必要はないのよ」

とアドバイスをくれる。

「人によるでしょうけれど、手書きのほうが私はアイディアが出やすいわ」

そういえばそうだった。ネタ帳扱いにしていたノートを高宇治さんは持っていた。

「参考にして頑張ってみる」

「ええ」

思いつかないからスマホにメモるように変えたんだよな。やり方戻してみるか。

「もー。勝手に行方不明禁止ー」

「すぐ見つかってよかったよー」

ぶうぶう、と文句を垂れる春とからりと笑う名取さん。

「心配かけてごめんなさい」

「次やったら服の上からでも乳首つまむから」

「つまむって、瀬川《せがわ》さん、わかるの？」

不思議そうに小首をかしげる高宇治さんに、春が人差し指を伸ばし、胸をつん、とつついた。

「きゃ」

「ここでしょ？」

「っ……」

高宇治さんがぷいと顔を背けると、長い髪の毛がさらりと流れた。

「し、知らないっ」

「「合ってるんだ～」」

春と名取さんがニマニマと笑っている。

何してんだよ。

ようやく全員揃《そろ》ったので、俺たちはホテルへ戻っていった。

次の予定まで時間があったので、俺は部屋にある机の上にノートを広げた。

「アナログなやり方ですぐ思いついたら世話ないんだけど――ん？」

ペンケースからシャーペンを取り出そうとしたとき、芙海さんから借りている【バクチ打ちのシャーペン】が目に入った。

「これは……」

選択肢の中から答えを選びやすくするシャーペン。

もしかして――。

スマホにメモしたネタを書き出し、【バクチ打ちのシャーペン】に持ち替えてみるけど反応がない。

先週の放送で、印象に残ったネタを思い出しながら書いてみると、その文章の上で磁力が発生したかのように、スッと止まる。

勉強で反応があった選択肢を取ると正答率はきっちり五〇%。

もしかすると、これもそうなんじゃないか。

「俺が考えたネタで、もし反応すれば五〇%で読まれるってことじゃ⁉」

面白いなんていうあやふやなモノサシで測られるネタメール。

人によってはつまらないし、人によっては面白いなんて理屈が簡単に通ってしまう。

だから何を基準に、どう考えていいかさっぱりわからなかった。

けど、ようやく道筋が見えた。

あとは反応するまで書きまくるだけだ。

三つ四つ、と書いていくけど【バクチ打ちのシャーペン】は反応しない。

日常のあるあるネタ、下ネタ、知らない人を切り捨てる特定のジャンルネタ、色々種類を出してみるけど、さっぱりだった。

「そういえば……」

さっき、高宇治さんが言っていたことを思い出す。事実を書く必要はない、と。

俺には【脚色家】のステータスがついてる。

大げさなことだったり、嘘《うそ》でも本当でもないことを言うのが上手い。

どうして今まで【脚色家】があることを忘れてたんだろう。

加えて、この修学旅行で【キレのあるツッコミ】を得た。

面白ければ正義で、事実をありのままネタにする必要はない。

【脚色家】でネタを振って、それを【キレのあるツッコミ】でオトす――。

こうしていけば……。

思いつくがままペンを走らせる。

見返してみても、面白いような、別に大したことないような……。

「ネタ単体じゃ、面白くないこともあるって高宇治さん言ってたな」

ネタ帳をクラスの男子に見られて笑われたとき、そんなことを口にしていた。

ラジオはパーソナリティがそれを読む。読み方はもちろんあるし、番組の流れで面白く聞こえるネタもたくさんある。

【バクチ打ちのシャーペン】を持つと、ついに反応があった。

「き、きた……！」

けど、確率半々。読まれない可能性が五〇％もある。

書いて書いて書きまくるしかない。

同室の男子が帰ってきたころには、反応があるネタがどうにか三つできた。

「君島ー。そろそろ飯の時間だぞ？　先行ってるから」

「ああ、うん」

上の空で返事をする俺は、ふと気づく。飯の時間……。あ。締め切りの時間が近い！

時計を見ると、あと五分。

俺はようやくできた三つのネタを、メールに打ち込んで一通ずつ送った。


夕食の会場へ向かう途中だった。

高宇治さんを見かけて声をかけようとしたとき、先に別の男子が声をかけた。

怪訝《けげん》そうな高宇治さんと真剣な表情の男子。

少しだけしゃべって、高宇治さんがうなずく。緊張した面持ちの男子は、軽く会釈をして去っていった。

……あの様子は、間違いない。

告白だ。

苦い気持ちで俺は遠ざかっていく高宇治さんを見送った。

高宇治さんが誰とも付き合っていないことを、うちの学校の男子は全員知っている。

城所《きどころ》先輩が俺との対決で敗れて、まだひと月ほどしか経《た》っていない。

他の男子からすれば、高宇治さんはあれからまだ誰とも付き合っていない、と断言できる状態だ。

「どっ、どうしよ……」

オーケー、しないよな……？

「何頭抱えてんの？」

声に視線を上げると、春がいた。

「高宇治さん、告られるっぽい」

「あ〜。今日が修学旅行最後の夜だもんね〜。タイミング的にはちょうどいいからじゃない？」

「よくねえよ」

「じゃ、灯も告ればいいじゃん」

「度胸がついたからって、成功率が上がるわけじゃないんだよ」

【強心臓】のステータスがあるのと高宇治さんの好感度は別問題。

最近仲良くなってきたと思うけど、まだ早い気もする。

玉砕覚悟はできても、玉砕したいわけじゃないのだ。

「俺が直道《なおみち》さんからの課題をやってる間に……！」

「直道さん？　課題？　なにそれ？」

そういや、言ってなかったな。

俺は、ついこの間のことを春に教えた。

元芸人でラジオのスタッフでもある兄の直道さん。とある事情で高宇治さんは高校で異性との交友関係を禁止されている、と。

シスコンすぎるよな。

まあ、年の離れた妹が、あんな美少女なら心配にもなるんだろうけど。

「それで、俺との関係を認めない直道さんが、ラジオでネタメール読まれたら認めるって言ったんだ。で、今それを送り終わったところ。今日読まれなかったら、ヤバい……」

「サーヤちゃんも、お兄さんに灯との関係を認めてほしいって思ってるってこと？」

「たぶん」

「それってさぁ、なんかもう……結っこ……」

「ん？」

なんでもない、と春は首を振った。

「高宇治さんがどうって言うより、俺が認めてもらいたいんだ。尊敬している人にチクチク文句言われながら生活するのって嫌だろうし、高宇治さんにそういう思いをさせたくないっていうか」

「約束破ってようがなんだろうが、サーヤちゃんは誰かに言われた程度で……」

途中で春は口をつぐんだ。

「まあ、灯がそうしたいんなら、いいんじゃない？」

「おう」

珍しく突き放したような言い方に、俺は違和感を覚えた。一瞬悩んだ春はさらっと言う。

「あたし、思ってたんだけど、相談相手やめる」

「え？　なんで？」

いきなりの宣言に、俺はまばたきを繰り返すだけだった。

「あたしのこと、都合のいいオンナだと思ってたんでしょ？」

「そうは思ってねえよ」

「あたしにも色々あるっていうか。……てか相談もう乗らなくても大丈夫っぽいじゃん」

いや全然大丈夫じゃないが？

どこか吹っ切れたような春は、からりとした笑顔をしている。

もう何を言っても決意は揺るがなそうだ。

「ちなみに、春は他の男子に呼び出されてないの？」

「それっぽい雰囲気出す男子にはもう『無理だから』って言ってる」

雰囲気でわかるのか、こいつ。

「あ。もしかして～？　灯はあたしが誰かに取られるって心配した～？」

ニマニマ笑いながら肘でつついてくる春。

「してないかな」

「しろよ」

ゲシ、と蹴られた。

「えっと、今日の夜だっけ？　灯のメール読まれるかもってやつ。夜ふかししてると思うから、聞いてみるね」

会場に入ると、春は自分の席のほうへ歩いていった。

夕食の時間が終わった会場では、高宇治さんのそばに男子が代わる代わるやってきては少ししゃべって去っていく。

春が言ったように、修学旅行最後の夜はタイミング的にちょうどいいらしい。

「高宇治無双？」

「今夜っぽいな」

「バッサバッサと斬り捨てられて死体が並ぶんだな……」

注目していたのは俺だけじゃなく、他の男子たちもそうで、大量告白大量拒否を無双と表現していた。

そうであってくれ。

聞き耳を立てていた男子が「今日の二二時、ロビーだってよ」と戦場を教えてくれた。

昨日反省文とネタを考えていた俺は、ようやく大切なことに気づいた。

その時間は、入浴が終わっているころだ。

ということは、たぶん風呂上がり……。

まだ濡《ぬ》れている髪の毛と浴衣姿……。

いや、厳密には浴衣ではない。館内着あるし。てか生徒はジャージだし。

風呂上がりだと、どうしても浴衣姿を想像してしまう。

高宇治さんが春や名取さんと一緒に会場を出ていった。

俺も部屋に戻り、そわそわしながら同部屋の男子に誘われ風呂に行き、部屋に戻ったころには、もう例の時間が近づいていた。

ガチャリ、と部屋を出ていく。他の男子にどこに行くのか訊《き》かれなかったのは幸いだった。

エレベーターで一階ロビーまで降りて様子を窺《うかが》うと、立派な中庭が見られる大きなガラス窓の前に高宇治さんはいた。

体育用のジャージ姿で、思った通り風呂上がりで髪が少し濡れていて、頰《ほお》も少し赤い。

休めるようにソファやテーブルが並べられる中、そのひとつに腰かけて時計に目をやっている。

男子の集団が脇を通り過ぎていく。一様に緊張した面持ちで無言だった。

もしや、あれがそうなのでは。
一、二、三……一二人⁉　数多っ。

一ダース分の男子が束になって高宇治さんに告ろうとしとる⁉

気づいた高宇治さんが立ち上がった。

いざとなったら気後れしたのか、一ダースの男子がもじもじしはじめた。

「お、おまえから行けよ」

「お、俺、四番目だし」

「僕最後ね」

トップバッターの譲り合いに、高宇治さんがマジで興味なさそうな、無表情の向こう側
――死んだ表情をしている。

「オレが最初に言ってオッケーだったらおまえらオシマイだな」

「僕が最初に行く」

「いや、俺が」

「いやいやここはオレが」

「じゃあ、おれが行くって」

「「「どうぞどうぞ」」」

お約束すんな。早く告れよ。

すんんごくつまらなそうに、高宇治さんがため息をついた。

もし俺が、告る前にあんな目であんな態度取られたら、たぶん死ぬ。ご褒美に感じるやつもいるかもしれないけど、俺はそう思えない。

「あの、いいかしら？」

ピキーン、と一瞬にして男子に緊張が走った。

「とくにあなたたちに興味はないの。そういうつもりでここにいたのなら、ごめんなさい。たぶん私は好きにならないと思うから」

ぐふっ。

俺は胸を押さえて膝をついた。

自分と重ねて勝手にダメージを受けた。

それは当然目の前にいた男子全員がそうで、まとめてぶった斬られている。

その中の男子が一人声を上げた。

「ま、まだ何にも言ってないだろ」

苦しすぎる言いわけだった。

「じゃあ何？　さっさと言って」

「そ、それは、こっちのタイミングっていうか……」

もうフラれてんだよ。

斬られたことにも気づかないのか？　高宇治さん達人すぎるだろ。

高宇治さんは、【高集中力】があるからか、その逆で興味がないものはゼロでもマイナスでもなく、「無」なんだろうな。

「話がないなら帰るわ」

すたすた、とその場を離れる高宇治さん。俺がまだダメージで動けないでいると、高宇治さんと目が合ってしまった。

俺が心配になって覗きに来たことがバレてしまう……！

「き、君島くん……ど、どうしてここに？」

「いや、あのええっと……」

脳をフル回転させながら言いわけを考える。

「もしかして、君島くんもあの人たちと一緒で——。え、え……どどっ、どうしようかしら……。もう少し人けのないところに行ったほうが……？」

照れたように困る高宇治さんは、胸の前で手をぎゅっと握ってあたふたしている。

あ。勘違いされてる。

俺が告りに来たと思ってる！

「私がさっき興味ないとか好きにならないと思うって言ったのは、あの人たちにであって

「――」

「ちがちがちがちが、マジで違うから。ほんとに。そういうんじゃないから！勘違い勘違い、俺そういうアレじゃないから本当に。マジで。たまたま通りかかっただけで」

便乗して告るようなやつだと思われたくないし、言ったとしてもさっきの男子たちと結果は同じだろう。

俺が懸命に勘違いを正そうとすると、高宇治さんの生気が宿った綺麗《きれい》な瞳から光が消え、すん顔になった。

「あ……そう」

あれ？　思った反応と違う。

「じゃあ何をしているの。もうすぐ消灯の時間なのよ？　学級委員なのに、フラフラしていいわけないでしょう」

「……あれ、怒ってる？」

「全然。別に。どこが？」

口をへの字にして膨れている高宇治さん。完全に機嫌が悪そうだった。

消灯が近い時間にウロウロするのは良くないっていうのは、高宇治さんの言う通りだ。

覗きに来たってことはバレなかったし、そろそろ部屋に戻ろうかな。

「ネタメール、無事送れたよ。アドバイスのおかげで」

「それは良かったわ」

「よかったらだけど、一緒に聴かない？　今夜、ここで」

立派な中庭には照明がいくつも灯っていて、庭園を綺麗にライトアップしている。

「だ、ダメに決まってるじゃない。何を言っているの……」

髪の毛を触りながら、目をそらす高宇治さん。スマホを手にして何か操作をすると、俺のスマホが振動した。

見ると、高宇治さんからメッセージだった。

『おっけー』

「いいのかよ」

画面にひと言ツッコむと、顔を上げたときには、もう高宇治さんは小走りで去っていくところだった。


さっきまで起きていた同室の男子が寝付いた深夜。

俺からするとまだ寝るには早い時間だった。

ネタメールの手応えは正直わからない。前回、前々回に比べれば、マシなのかもしれないけど、読まれる自信はなかった。

番組がはじまるまで、あと一五分ほど。

俺は寝息を立てるみんなを起こさないように、ベッドから抜け出しスマホをポケットに入れて部屋を出ていった。

さすがに見回りをしていた先生も寝たのか、廊下には誰もおらず、しんとしている。

エレベーターで一階におりて、約束の場所へ向かう。

すでにいた高宇治さんはソファに座っていて、ぼんやりと中庭を眺めていた。

「眠くない？」

「いつものことよ」

同じく、と俺も隣にお邪魔する。

高宇治さんとこんな時間にこんな場所でラジオを聴く……。現実感がない状況に、今さら緊張してきた。

スマホを操作した高宇治さん。俺と同じラジオアプリを起動させるのが見えた。

ピーン、と午前一時を知らせる音が鳴り、『マンダリオンの深夜論！』という二人の夕イトルコールがあり、オープニングトークがはじまった。

『あのー、めっちゃ大事なお知らせが、みなさんにあるんですけども』

『え、何。全然聞いてないで。何？』

戸惑うツッコミのミッツンこと満田《みつだ》の反応。

この枕詞《まくらことば》ではじまるトークは、すべて大したことがない内容なので、それがわかっている俺と高宇治さんは、くすっと笑った。

『リスナーのみなさん、落ち着いて聞いてください。実は、あの、今日収録で満田さんが、寝てました』

『何知らせてんねん。いや、ええってそういうの。言わんでいいやん、要らんって。なんでそんなこと言うん』

『あとでしっかり怒られてたな？　ええ年したオッサンが怒られるん見ると、胸ギュウなるわ』

『もぉええって』

ふふふっ、と高宇治さんが静かに笑う。俺も同じタイミングで体を揺らして笑った。

『いや、あのね。俺は、寝てたように見えたかもしれん。な？　ちゃうねん。目をつぶったタイミングがあっただけですから』

『番組関係者の皆さん聞きました？　こいつ反省してません』

『呼びかけんな』

『ネット記事確定やな。「ミッツン、収録居眠りも反省せず！」って』

『あ、いやさっきの無し！』

『もう遅い。俺もあとでさっきの音声切り抜いてネットにバラまくし』

『相方の足引っ張んのそんなオモロいか⁉』

半ギレでツッコむミッツンに、ボケの本田《ほんだ》がギャハハ、と品のない笑い声を上げる。

こういうじゃれ合いがオープニングでは多い。

いつも通りの掛け合いを聴いていて、ふと高宇治さんの以前の発言を思い出す。

仲が良い二人がしゃべっていればそれはもうラジオって言っていたけど、そう言い切ってしまうのもわからないでもない。

三〇分ほどのオープニングが終わり、ＣＭに入る。

「マンシンは、業界でも評判で、リスナーからのメールの数もエグいって兄さんが言っていたわ」

「うん」

それを俺が知らないはずがない。たぶん俺がそう認識していることを高宇治さんも知っているだろう。

「もし読まれなくても……私……」

続きを待っていると、そのまま高宇治さんは口を閉ざしてしまった。

擁護してくれるってことだろうか。

直道さんに掛け合ってくれる、とか……？

話を促そうとすると、ＣＭが明けて番組が再開した。オープニングトークで出た話に、リスナーがリアクションのメールを送っていて、ボケの本田がそれを読んでいる。

『メール来てます。ラジオネーム「青信号は渡れ」。「本田さんは、三年ほど前の放送で、大型特番で大遅刻をして怒られたトークをされていました。居眠りは良くないですが、遅刻も良くないのでは？」――オイ、なんやねんこのメール！　読ますな、こんなもん』

『あったな、そんなこと』

『「青信号は渡れ」、おまえは出禁じゃボケぇい』

『ミッツン派やねん「青信号は渡れ」は。また送ってきてなー？』

こんなふうに、場合によってはリスナーも二人をイジるので、番組がさらに盛り上がる。

そのくだりが一段落して、二人がそれぞれトークをする。終わったころには放送から一時間と少し経《た》っていた。

「次のＣＭ明けかな」

いつもの流れだと、このくらいの時間帯でコーナーがはじまる。

いよいよだ……。合格発表の確認をするときみたいに、ドキドキしてきた。

「マンシンは、業界でも評判で、リスナーからのメールの数もエグいって兄さんが言っていたわ」

「え？　ああ、うん……？」

さっきと同じセリフだけど、どうしたんだ。

「も、もし、メールが読まれなくても……私……」

続けることはなく、また高宇治さんはその先を言わなかった。

……俺、タイムリープしてる？　そんなわけないよな。

ＣＭが終わると、スマホからはラジオ局が推している流行《はや》りのポップス曲が流れている。

何かを言おうとしては口を閉ざす高宇治さん。

「私は……君島くんに」

「うん」

もじもじ、と身動きをする高宇治さんが決心したように、その動きをやめた。

『「ミッツンのそれは嫌やねん」のコーナー！　あなたが思う嫌なことの最後に「それは

嫌やねん」をつけて送ってもらっています、と。このコーナーは、わたくし満田がメールを選んでおります〜』

番組が再開したけど、俺は高宇治さんが何を言おうとしたのか気になりすぎて、続きをずっと待っている。

けど高宇治さんはスイッチが切り替わったかのように、真顔で音声に耳を傾けている。

「高宇治さん。君島くんに、何？」

「もうはじまっているから、聴きましょう」

「ああ、うん……？」

釈然としないでいる間にもコーナーはどんどん進行していく。

パーソナリティが選ぶのは、構成作家がふるいをかけたメールであって、九割方は構成作家が落とすことになる。

三つあるコーナーのうち、俺はひとつに絞ってメールを投稿した。ネタのフォーマットが同じほうが考えやすいからだ。

このコーナーには送ってないのに、聞いたことのないラジオネームが読まれると、嫉妬してしまう。

たぶんこの人も俺みたいに何通も書いてようやく読まれたんだろうな。

『続いて、ラジオネーム「宇治茶」――』

あ、読まれてる！

高宇治さんは、部活やってる男子みたいな力強いガッツポーズを俺に見えないようにグッとやっていた。

何回も読まれているけど、やっぱり嬉《うれ》しいらしい。

俺ならめちゃくちゃはしゃぎそうだ。

『「ファミレスとかでご飯してるとき、相手が財布や携帯持ってトイレに行くの、それは嫌やねん」』

あー。なんかわかるかも。

『いやー、これあるなぁ。信用されてないみたいな感じして、なんか嫌やねんな～』

渾身《こんしん》のネタだったのか、むふん、と高宇治さんは得意そうに息を吐いた。

今日は下ネタちゃうんやなー、とミッツンがぽつりと言う。

「あるあるネタだけれど、ふとしたときに思いついて。せっかくだから送ってみようと思って」

興奮とドヤ感があるせいか、めちゃくちゃ早口だった。

「すげぇなー。いつもとは違う感じでもちゃんと読まれるんだ」

「そんなこと、ないわよ」

クールな横顔が少し嬉しそうにゆるんでいた。

「君島くんは、どのコーナーに送っているの？」

「俺は、本田の『一人でやるんかい』。ここに、思いついたやつを全部送ってる。いつも通りなら、この次かな……」

ミッツンが今回のネタメールの総括をして、コーナーをしめくくった。

『続いてはこのコーナー。「一人でやるんかい」。このコーナーは、ボケとツッコミをワンセットにしてメールを送ってもらっております。コーナー担当はわたくし本田で、メールも選んでおります――』

「き、きた……！」

「わ、私まで緊張してきたわ……」

コーナーがスタートすると、常連のハガキ職人のメールが続々と読まれていく。普段なら笑えるネタも、今日ばかりは笑えない。

五〇％じゃ、やっぱ読まれないか……。

頼む……。

『次。ラジオネーム「さわやかポンチ」』

祈っていると、本田がそう言った。

「ん？　え？　今――」

「っ……」

今俺のラジオネームが呼ばれたことを確認しようと高宇治さんに目をやると、笑いを堪えて、ぺしぺしとソファの生地を叩《たた》いていた。

「へっ、変な、ラジオっ、ネーム……」

ぷすす、と堪《たま》らない様子で爆笑していた。

「高宇治さん、そこじゃなくって！　俺の、俺のなんだよ！」

今読まれるんだから笑ってないで聞いてくれ。

咳払《せきばら》いをすると本田がメールを読み上げた。

『この怪我《けが》？　ああ、骨折っぽくて、全然大したことないんだけど、部活はしばらく、アレかな～？　うん。――質問待ちがエグい！』

あ、今日送ったやつだ！　ちゃんと読まれてる！

「お――、おおおおおっしゃ！」

全力のガッツポーズが出た。

「おめでとう、君島くん！」

「ありがとう!」

ぱちん、と両手でハイタッチをした。

テンションが上がりすぎて、気づいたら俺は勢い余ってがしっと高宇治さんを抱きしめていた。

「へっ……?」

「本当に高宇治さんのアドバイスのおかげもあるし——！　ありがとう！　マジで読まれなかったらどうしようかと——いやマジで嬉しい」

ウィニングランの最中に、やたらいいにおいがすることに我に返る。俺は高宇治さんの華奢《きゃしゃ》な肩を抱いていることに、ここでようやく気づいた。

「あ、やべ」

恐る恐る反応を窺《うかが》うと、目を点にした高宇治さんが、リンゴみたいに顔を真っ赤にして大人しく俺の胸の中に収まっている。

「あ、あの………」

「ごめん——!?」

シュバっと離れて、俺は何度も謝った。

「へ、変な意味はなく、その喜びの表現の一種っていうか、テンションが上がって」

「う、ううん……いいの。その、はじめてのことだし、テンションがぶっ飛ぶ気持ちは、私もわかるから」

さすが、先輩のハガキ職人。理解があって大変助かる。

『ラスト。ラジオネーム「さわやかポンチ」』

お、またた！

『朝は起きて、ＳＮＳチェックして、テレビの占いを見て、靴を履くときは右からで……──おまえのモーニングルーティン誰も興味ないぞ』

あれ。これ……俺が二週間前に送ったやつだ。

「ふふっ」

思わずといった様子で高宇治さんが笑った。

「いい加減ラジオネームに慣れてよ。高宇治さん」

俺だって不本意なんだから。

「ううん。いいネタメールだなって思って」

「そう？　ありがとう」

ときどき、時間の都合上読めなくてキープしておくってことがあったりするので、俺のメールもそうだったんだろう。

「兄さん、聴いているかしら」

スマホを操作して、高宇治さんがメッセージを送った。

「……既読にはなったけれど、返信がないわ。きっと、かなり高いハードル設定で出来っこないと思っていたはずだから、悔しいのよ」

してやったり、といった様子の高宇治さんは、にんまりとした笑みを浮かべている。

それもあるかもしれないけど、たぶん、俺と高宇治さんの関係性を認めることになるからじゃないのか。

シスコンの直道さんは、高宇治さんに男を寄せつけたくなさそうだった。趣味友達だろうがなんだろうが。だから、高いハードル設定にしたんだろう。

直道さんがなんて言うか、楽しみだ。

騒いだせいで、先生や他のお客さんがやってこないか警戒して周囲を見回していると、自販機のほうに女の子っぽい人影が一瞬見えた。

コーナーが終わりまたＣＭに入ると、改まったように高宇治さんが切り出した。

「私、君島くんにお礼を言わなくちゃと思って」

「お礼？　なんで？」

「……この修学旅行で、私、学級委員の仕事、全然できてなくて」

「ああ、そんなこと？」

そんなふうに思ってなかったけど、高宇治さんは気にしていたらしい。

ブブ、とスマホが振動して、誰かからメッセージが届いた。あとで確認しよう。

「委員の仕事は、ほぼ全部君島くんがやってくれたじゃない」

「そうかな。高宇治さんは大勢を相手にするのが苦手だし、適材適所ってことでいいんじゃない？」

「大勢が苦手ってどうしてわかるの？」

不思議そうに高宇治さんが首をかしげる。

あ、やべ。ステータスで見えているから、なんて言えるはずもないし……。

「ええっと、なんかそうっぽいなって思って。うん、タイプ的に？　俺とだったら結構色々しゃべってくれるけど、みんなを前にすると口数少ないでしょ。だから、そうかもなーって」

当たらずとも遠からず。【脚色家】の力があるおかげで、すらすらとそれっぽい言いわけができた。

「見破られていたのね」

高宇治さんはイタズラがバレてしまったかのような、開き直りをみせた。

「私、大勢を相手にしたり、大勢の中にいるのが苦手なの。率先してまとめ役をやってくれたから、君島くんはすごく頼りになるなって思って」

学級委員だからって、クラスメイトが俺の言うことを聞いてくれたとは思えない。【リーダーシップ】のおかげだろう。

「委員のことだけじゃないわ。プールで変な男に絡まれているときも助けに来てくれたし、今日はぐれたときも、真っ先に捜しに来てくれた」

「あれくらいなら、頼ってくれていいよ」

頼られ慣れてない俺が、しどろもどろになっていると、高宇治さんは顔を背けたまま席を立った。

「もう戻らないと。明日起きられなくなるから。おやすみなさい」

「うん。おやすみ」

背中に挨拶を返して、俺はスマホを確認する。さっき受信したメッセージは春からだったらしい。

いつの間にか複数届いていたようで、一通目は俺のメールが読まれた瞬間だった。

『読まれてんじゃん！　やば』

そのあとにスタンプが送られてきて、しばらくしたあと送られてきたのが最後のメッセージだった。

『よかったね』

ありがとう、と俺は返しておく。

春から見てそう思うんなら、俺と高宇治さんはイイ線いっているのでは……？

春に事情は説明してある。

だから、それを知っているからこそのメッセージだろう。

けど、変に丁寧な言い方が引っかかった。

スタンプだったり絵文字だったり、春はもっと使いそうだけどな。

よかったね——。直道さんとのことを含めて言っているなら、もっと違う言い方になりそうなもんだ。

ふと、自販機のそばで見かけた人影のことを思い出した。

送信されたメッセージと人影を見た時間はほぼ同じ。

俺たちのことを偶然見つけてしまった春が、メッセージを送ったのかもしれない。

◆高宇治沙彩《さあや》

エレベーターに乗って沙彩は息をひとつついた。

灯の前で、変なことを口走ってしまった。

実際、灯は修学旅行中、とても頼りになった。それは事実だし、ナンパされていたところも助けてくれた。はぐれたときも、真っ先に見つけてくれた。学級委員としての仕事もそつがないし、みんなを上手《うま》くまとめていた。

度胸満点の灯には大したことがないことかもしれないが、沙彩にとってはなかなかできることではなく、素直に感謝していた。

部屋がある階に到着し、エレベーターを降りる。

難しいと思われたネタメールも今日ついに読まれた。これで、直道には灯との交友関係でとやかく言われないで済む。

高校入学前にした『不純異性交遊禁止』の約束を破ったことに関して、負い目を感じることもない。

そもそも、灯との付き合いはまったく不純ではないのだが。

口うるさい兄からすると、男子との付き合い全般がそうみなされるものだったらしい。

ともかく、面白いが絶対的価値観である直道には、灯とのことでもう口は出させない。

「家族、公認の………」

自分で言おうとして、その先に詰まってしまう。

家族公認の男性。

——それはもう、結婚相手のような……。

ぎゅっと抱きしめられたことを思い出すと、腰が砕けてふにゃふにゃになってしまう。

沙彩は、しゃがみ込みそうなところを柱にしがみついた。

その柱に赤くなった顔を押しつけて冷やす。

抱き着かれたとき、なぜ抵抗しなかったのか自問する。

されるがままになっていた自分を思い返す。

意外とゴツゴツとした腕と大きな手の感触を肩や背中が覚えている。

突き飛ばして距離を取れたはずが、そうしなかったのは、たぶん、嫌じゃなかったからだ。

首から上に血が上っていくようで、沙彩は頰《ほお》を柱のまだ冷たい箇所にくっつける。

「……サーヤちゃん、何してんの？」

どきっとして振り返ると、飲み物を手にした春がいた。

「ちょっと、ええと……トイレに」

「部屋にあるじゃん」

嘘《うそ》が秒でバレてしまい戸惑っていると、春は追及する気がなかったようだ。

「こんなところにいると、先生にバレるよ？」

「それもそうね」

反射的にそう返したが、こんな深夜に見回る先生はいないだろう。

いこ、と春に促され、沙彩はあとについていく。

「なんかさ。昨日の夜、考えたんだよね、あたし」

不意に話しはじめた春に、沙彩は何も言わず耳を傾けた。

「気になってる人の相談乗ってるって言ってたけど、あれやめようと思って」

「……そう」

それ以上会話が続かなかった。

部屋を出ていくときに春は起きていたが、こんな時間まで何をしていたのか、灯との仲を考えると想像に難くなかった。

8　公認の友達

最終日は、主にバス移動が中心で車内は行きに比べてずいぶんと静かだった。

隣に座っている高宇治《たかうじ》さんも、カーテンの向こうで身動きひとつしないので、たぶん寝ているんだろう。

俺は、イヤホンを差して昨日のラジオの前後を聴いていた。

『「この怪我《けが》？ ああ、骨折っぽくて、全然大したことないんだけど、部活はしばらく、アレかな～？ うん。――質問待ちがエグい！」』

『まあ、あるけど。骨折したときくらいヒーローになりたいねん、男子は。痛い？ とか、いつ治るの？ とか、シャーペンどっちで持つん？ みたいな、訊《き》いてほしいねん』

聴いているのはこれで一〇回目くらいだけど全然飽きない。

好きな二人に、ついに俺個人が認識されたみたいですげー嬉《うれ》しい。

『ラスト。ラジオネーム「さわやかポンチ」。「朝は起きて、SNSチェックして、テレビの占いを見て、靴を履くときは右からで……――おまえのモーニングルーティン誰も興味ないぞ」』

『悪いなぁコレ。有名人気取りの人らドキっとしたんちゃう？』

『ちなみに満田《みつだ》さんのモーニングルーティン、教えてもらっていいですか』

『オッサンのモーニングルーティン誰が興味あんねん』

『モールー!?　わかりにく。なんで略してん』

　ぐふふ、と変な笑いがこぼれる。

　二人の掛け合いもそうだけど、自分のメールが起点になっているってことを考えると、ハガキ職人も番組を作る要素になっているのを実感して、やりがいや達成感があった。

　学校に帰ってくると、担任の先生から簡単な連絡事項の伝達があった。とくに気にするようなことはなく、要約すると家に帰るまでが修学旅行だから気をつけて帰るように、とのこと。

「灯《あかり》くん、バスん中で爆睡してたねー？」

　解散となってから、名取《なとり》さんが声をかけてきた。

「名取さんもでしょ？　俺、名取さんより寝たのあとだし」

「嘘。寝顔、みた？」

「うん」

「なんで見るのー！　ブサくなかった？」

「ううん」

「ねぇー、可愛《かわい》かったよってフォロー待ってたんだけどー？」

「いや、そこまでわからないって」

冗談に軽くツッコむとけらけらと名取さんは笑った。校舎のほうを見ると、ちょうど休憩中だったのか、芙海《ふみ》さんの姿が見えた。

わかりやすくぴょんぴょんと跳ねていて、両手を振っている。

……………あ。お土産！　買ってねえ！

「あ、チーセン、手ぇ振ってる」

おーい、と春《はる》が手を振り返していた。

「灯も、ほら。反応してあげなよ。……って、なんか顔色悪くない？　熱あんの？」

すっと前髪の下に春が手を入れてきた。

「わ。こら。やめろ。そうじゃねえ」

「じゃあ何？」

「芙海さんにお土産買ってねえんだよ」

「まあ、いんじゃない？」

「そうはいくかよ。バイト先で俺はお世話になってる人だから、そういうのは礼儀だし……跳ねまわってる様子からして、お土産楽しみにしてるだろ絶対」

「かもね」

俺、何されるんだろう。もしものために、服の下に雑誌入れて防御固めてバイト行こうかな……。

俺がどんよりしていると、肩を叩《たた》かれた。振り返ると、高宇治さんがスマホを突き出していた。

「ごめんなさい、話の途中に。……あか……君島《きみしま》くん、電話よ」

もしや。

受け取ってスマホを耳にあてた。

「……もしもし」

『昨日、マンシン聴いてたよ。メール読まれたな、「さわやかポンチ」さん』

「どうにか」

相手は思った通り、直道《なおみち》さんだった。

「これで、俺と高宇治さんのことはいいんですよね？」

『ん〜〜、まあ、ギリ許す』

「ギリ!?　あんな条件ふっかけておいて……。こっちは守る義理ってないんですからね？」

『いいだろ、許すんだから。ああ、許すっつっても、駅まで一緒に帰るだけだからな。勘違いすんなよ』

「わかってますよ」

『ぶっちゃけ、無理だと思ってた。マンシンのネタコーナーは、現役の芸人が投稿しても簡単に読まれるようなもんじゃねえ。メディアの違いもあって、ラジオのネタメールは独特の難しさがある。だからお笑い業界でもラジオ業界でも評価が高いわけなんだが……』

するると、くくっと耳元で小さな笑い声が聞こえた。

『面白かったよ。ネタメール。どっちも。俺が構成に入っててもあのメールは通したと思う』

「あ、ありがとうございます！」

『いいツッコミしてるからな、おまえ』

俺には【キレのあるツッコミ】がある。けど、元芸人の現構成作家にそんなふうに言われるのは嬉しい。

「あざす。じゃサーヤちゃんは、俺が今日も駅まで送っとくんで」

『うわ、めちゃくちゃ調子乗りだした』

「冗談ですよ」

『わかってるよ』

じゃ、代わりますと俺は最後に言って、高宇治さんにスマホを返した。

「灯、帰ろー？」

バスはもう去り、生徒たちも散り散りになって、その場に残っているのは俺たちを含めて数人しかいなかった。

通話が終わった高宇治さんに軽く会釈をして、春と並んで歩きだすと、高宇治さんが小走りで駆け寄ってきた。

「待って――！」

不思議に思っていると、鞄《かばん》の中からお土産屋さんで見かけた紙袋を取り出した。

「あか島くんにこれ」

「誰だよ」

「サーヤちゃん、交ざってんじゃん」

ぷぷ、と春が笑いを堪えている。

「っ、あ、あか……君島くんにこれ……」

押しつけるようにそのお土産らしきものを俺に渡した。

「お世話になったから！　そのお礼よ！」

恥ずかしさをまぎらわそうとしてか、逆に怒ったような口調で背を向けて去っていった。

「ありがとう！」

遠ざかる背中にお礼を言うと、ピタっと止まって一度こっちを見て、またタタタと駅のほうへ走っていった。

「あか島きみりくん」

「便乗してイジってくんな」

「何もらったの？」

中を覗《のぞ》くと、ご当地ゆるキャラのぬいぐるみが入っていた。どう思うか俺に訊いてきたやつだ。

「……よ、よかったじゃん。あんま可愛くないけど」

「そういうこと言うなよ。いいんだよ。こういうのは気持ちだから」

高宇治さんから、プレゼントをもらってしまった。

そんな男子、たぶん今までいないよな。

修学旅行を通じて、またさらに高宇治さんと仲良くなれたのでは――？

あとがき

こんにちは、ケンノジです。

九月に一巻を出したのにもう二巻です。驚きましたか？　自分でも驚いています。めっちゃ早い。成海先生の筆も速いし、質もかなり高いです。最高過ぎてマジでヤバいです。二巻もイラストありがとうございます。

作中では主人公が徐々にステータスを増やして成長していますが、自分の成長とかその過程って自分が一番わからないと思うんですよね。異世界モノでは定番ですが、現実にあったらめっちゃ便利だよなーって、改めて思います。

そんな本作ですが楽しんでいただけたら幸いです。

三巻がもしあれば是非また読んでください。

ケンノジ

ある日《ひ》、他人の秘密《ステータス》が見《み》えるようになった俺《おれ》の学園《がくえん》ラブコメ
EP2：シスコン兄貴《あにき》を倒《たお》してハッピーエンドを迎《むか》えます

著　ケンノジ

角川スニーカー文庫　23484
2023年1月1日　初版発行

発行者　山下直久
発　行　株式会社KADOKAWA
〒102-8177 東京都千代田区富士見2-13-3
電話　0570-002-301（ナビダイヤル）

印刷所　株式会社暁印刷
製本所　本間製本株式会社

Printed in Japan　ISBN 978-4-04-113289-0　C0193

★ご意見、ご感想をお送りください★
〒102-8177 東京都千代田区富士見2-13-3
株式会社KADOKAWA　角川スニーカー文庫編集部気付
「ケンノジ」先生「成海七海」先生